*Los trucos de la bestia*

NOVELA|**B**erenice

LIDE AGUIRRE

# *Los trucos de la bestia*

NOVELA

www.editoriaberenice.com

Primera edición: octubre de 2020

Colección Novela

Director editorial: Javier Ortega
Corrección: Helena Montané
Maquetación: Daniel Valdivieso

Impresión y encuadernación:
Gráficas La Paz

ISBN: 978-84-18089-71-8
Depósito Legal: CO-927-2020



Impreso En España/*Printed In Spain*

# *Índice*

*Dedicada al monstruo de mirada amable que buscaba víctimas aquella tarde de octubre de hace dos años en San Sebastián. Su invitación a conocer su guarida fue el germen de esta novela.*

*«... No podía quitarme de encima la sensación de que Erika*
*no pertenecía del todo a este mundo.*
*Intenté hacer añicos su hechizo trayendo a mi mente a aquellas otras*
*mujeres que en su día colonizaron mis pensamientos*
*y se colgaron como arañas de mi equilibrio mental,*
*pero ninguna consiguió descodificar el impacto de haberla visto,*
*ninguna logró relativizar su poder, y eso me estaba volviendo loco.*
*No, Erika no era del todo de aquí...*
*Y, al final, resultó que tampoco andaba desencaminado...».*

Mikel Matesanz, septiembre de 2018, San Sebastián.

# 1. EL CHICO MÁS BUSCADO

Estoy convencido al ciento cincuenta por cien de que es mi vecino quien lo tiene secuestrado. Me da igual su aspecto de ángel redentor y que sea el niño bonito de un barrio atestado de momias que ya solo quieren creer y se rinden a sus maneras de oveja encarrilada, a su voz llena de graves que ahora suena a terciopelo de salón pero que hace nada barría los silencios de los locales más miserables de la ciudad: él sabe dónde está el chico por el que todo el mundo llora. Él tiene a Pablo Martiarena.

Lo supe ayer, al anochecer. Volvía a casa entre calles brillantes por la lluvia, dejando atrás los pasos apresurados de quienes corrían a resguardarse bajo los soportales y sintiéndome algo mejor que los días anteriores, seguramente porque la oscuridad del nuevo invierno parecía darme un refugio y el cuello del abrigo solo me devolvía el calor de mi respiración. Y entonces lo vi. Salía con su coche por la cuesta del *parking* de la plaza Cataluña y no me habría fijado en él si no fuera porque volvió la cara y me miró de repente; y sus ojos eran dos agujeros transparentes, no esa mirada azul a lo Paul Newman que tanto explota hoy día por aquí y que tan bien le funciona, sino dos ojos redondos, vacíos, de pirado, que me abrieron la puerta, por un segundo, a los cálculos de hielo que se forman dentro de su cabeza. Y detrás, en el asiento trasero, estaba él, Pablo Martiarena, el joven de la «extraña desaparición», el niño bien por el que se han levantado las alfombras de la ciudad, con su cicatriz en forma de jota en la sien izquierda, «la que se hizo de pequeño al caerse de un tobogán», como explicaba su angustiada madre en el programa de ETB de ayer por la tarde, y su pelo rubio cortado a lo casco, un peinado antiguo, de los noventa, que le da aspecto de niño o de yonki, según quien lo mire.

El caso es que vi a Pablo de perfil, a cuatro metros de mí y medio cubierto por una sombra corpulenta que le había lanzado el autobús 17, que circula por la Gran Vía como si se fugara de Alcatraz, pero lo reconocí a pesar del escupitajo oscuro del autobús y las bailarinas de lluvia que se estampaban contra su coche. Pero eso no es todo: algo le estaba sucediendo. Porque había algo más ahí, en el interior del vehículo que conducía mi vecino Iván Katz; algo lo suficientemente impactante como para que mi conciencia lo eliminara al instante, algo que llevo intentando rescatar desde entonces sin lograrlo.

Ahora camino hacia mi casa en el barrio de Gros, en San Sebastián. Hoy no llueve, pero el día suena a cristal helado. A mi derecha, el horizonte mastica los últimos restos de la tarde y las paredes de los edificios a mi izquierda se van apagando cubiertas de carteles con el rostro de Pablo, carteles de color naranja fosforito para que destaquen sobre la roña que está levantando su silencioso imperio de oscuridad sobre las fachadas de este barrio bohemio, obtuso y marino que el chico frecuentaba bastante, según he podido saber.

En los carteles, la familia de Pablo Martiarena subraya que se trata de una desaparición de riesgo, asegura que se recompensará cualquier información sobre su paradero y facilita un número de teléfono. El chaval sonríe en la foto con una tristeza latente que te hace pensar que si no hubiera desaparecido ahora lo habría hecho más adelante, de alguna otra manera. Tiene una expresión apocada y una mirada ojerosa y descolorida que revela noches de juerga y días oscuros y tristes.

Según voy leyendo, me entero de que a Pablo Martiarena, donostiarra de 27 años, se lo tragó la tierra hace tres semanas, pero hace solo un día estaba sentado en el Volvo gris de Iván, el artista, el emprendedor, el niño mimado que se perdió en las fauces del lobo durante más de diez años y se reencontró con su parte ganadora antes de que se lo tragara la bestia. El mismo niño al que todos los demás del edificio teníamos miedo de pequeños.

La Ertzaintza, sin embargo, tiene su propia versión de lo ocurrido. Una versión que me ha roto todos los esquemas. Una versión con la que no estoy de acuerdo.

Pero empecemos por el principio. Ayer por la noche, cuando llegué a casa y le conté a mi prima okupa lo que había ocurrido, me convenció de que me acercara a una comisaría de la policía a contarles lo que vi o, mejor dicho, a ponerles al corriente de «mi visión», como la llama ella ahora. No lo hice, no inmediatamente; no lo tenía claro del todo. En cambio, opté por tirar de contactos haciendo uso del listín siglo XXI: Facebook. Allí di con Edorta, un buen tipo con aspecto de toro viejo y espíritu acolchado, antiguo compañero de clase en mi primer colegio y *ertzaina* de profesión. Le envié un mensaje diciéndole que quería verle por un asunto que quizá era una tontería, pero quizá no, y que, eso, que mejor encontrarnos. Y hoy mismo a primera hora me ha contestado animándome a que me pasara por la comisaría de Hernani, un pueblo a pocos kilómetros de San Sebastián, «para charlar». Al final, ha sido él quien me ha puesto al corriente de la *verdadera* situación de Pablo.

Y, en pocas palabras: Edorta desmiente todo lo que se cuenta sobre el caso en los medios de comunicación. Pablo Martiarena «está bien», me ha insistido. Ni desaparecido ni en el coche de Iván Katz. El chico de los carteles está, simplemente, haciendo su vida muy lejos de aquí con una mujer que ha conocido y que su madre no aprueba. «Pero que no te caiga bien la novia de tu hijo porque no sea muy simpática, ni muy agraciada y le lleve unos cuantos años no es motivo para creer que está secuestrado o desaparecido, ¿no te parece?», me comenta bastante molesto. Al parecer, la madre se niega a aceptar esa versión de la desaparición y les pone «a caldo» allá por donde va, me cuenta. Por otra parte, los familiares de otros desaparecidos han empezado a criticar la repercusión que está teniendo el caso de Pablo y la supuesta atención que recibe por parte de la policía, y lo achacan a que el chico viene de una familia con dinero. «Al final estamos pagando el pato de una persona con probables desequilibrios mentales», lamenta mi ex compañero.

En realidad, todo lo que me ha contado Edorta sobre el caso me ha dejado bloqueado, con una extraña sensación muy parecida a la de tener las manos atadas y no poder abrir un regalo. Porque nada tiene mucho sentido, y cuanto más habla él más nítida se hace en mi memoria la imagen de Pablo en aquel coche. ¿Estaba llorando?, pienso. Igual. Igual sí.

—Es un caso archivado, Mikel, aunque te agradezco la preocupación —me suelta Edorta tranquilamente apoyado sobre el escritorio de un despacho anodino. Estoy sentado en la típica sala de paso que imagino es la que utiliza cualquier agente cuando se reúne con alguien poco relevante como yo—. Pablo Martiarena Gallardo se marchó voluntariamente a Iquique, en Chile, con su novia, hará tres semanas. Está localizado y sano y salvo, pero no podemos evitar que su madre insista en que no es así y se dedique a empapelar la ciudad y a llamar a la tele y a la radio, donde no comprueban la veracidad de casos como este porque son demasiado morbosos y les dan audiencia. El chaval da pena, su madre da pena y viene de una familia bien, y eso vende. En cualquier caso, te agradezco la información, Mikel, me alegra que hayas venido, te tenía perdida la pista después de tantos años y me ha gustado verte. Seguramente viste a alguien que se parece a Pablo, pero quién sabe, tal vez el chaval haya vuelto a San Sebastián. Nos pondremos en contacto con la madre para saber si ha tenido noticias.

Trato de digerir la información. No sé por qué, no me cuadra.

—¿O sea, que al final lo único que ha pasado es que se ha fugado con una chilena? —le pregunto con la vista fija en su costado derecho mientras intento poner los puntos sobre las íes. Edorta se ha levantado de su asiento y le hace un gesto a alguien a través de la pared acristalada que separa el despacho del resto de habitáculos.

—Sí; bueno, no, no se ha fugado —cuando vuelve a tomar asiento, mi antiguo compañero me sonríe con amabilidad y recuerdo fugazmente aquellos tiempos en los que era un niño regordete que me ayudaba a resolver problemas en clase de matemáticas, treinta años atrás—. Lo único que ha hecho es marcharse de mala manera con una chica, lo que hacen algunos enamorados, nada del otro mundo. El padre de Pablo murió hace cuatro años y él no tiene hermanos, y su madre no quiere creer que se haya ido porque no asume que el hijo único haya puesto una novia y un océano entre ellos. Una locura pasajera, al parecer acababa de conocer a la chilena cuando hizo las maletas y se largó, una cosa rara, pero no ilegal. La madre niega la evidencia y asegura que está secuestrado, que no lo localiza y que ni siquiera cree que esté en Chile, pero lo cierto es que, por ahora, tenemos todo: los billetes de avión, su dirección... Ya volverá. O no. De todas maneras, nunca se sabe y es mejor tener todo atado. ¿Dices que te pareció que Pablo viajaba en el coche con un vecino tuyo?

—Sí, en la parte trasera del coche de Iván Katz, seguro que lo conoces. Últimamente ha salido bastante en los periódicos. De chaval fue un grafitero bastante popular y ahora dirige una academia de pintura que organiza exposiciones de arte cada dos por tres en toda la ciudad, en Tabakalera y en el Kursaal y... Bueno, en muchos lados.

Edorta se encoge de hombros —no lo reconoce— y empieza a anotar en su ordenador. La luz blandengue de un halógeno cae sobre nosotros como lo haría en la sala de espera de un hospital.

—Katz se escribe con k y z, entiendo —murmura mientras teclea.

—Sí. Katz, como suena. Su abuelo era alemán. Iván tiene nuestra edad, 42. Vivía en mi edificio, en la calle Zabaleta. Ahora vive en Segundo Izpizua, casi al lado.

—¿Y qué sabes de él? Porque si has venido aquí será por algún motivo. La gente no va denunciando a sus vecinos... —la mirada de Edorta se vuelve indescifrable.

—Iván Katz... —me siento como una maruja cotilla, pero trago saliva y me animo a continuar— es un tipo raro.

—¿Raro? —Edorta es demasiado bueno para mirarme con mala cara, pero hasta yo me doy cuenta de que mi descripción no tiene un pase válido en una comisaría.

—Es peculiar... Peligroso —continúo, intentando despertar su interés—. Ahora parece un tío normal, asentado, ya sabes. Se está haciendo un hueco en la sociedad guipuzcoana de renombre, digamos. Abrió la academia de pintura hace unos cinco años, después de recuperarse en Proyecto Hombre y...

—¿En Proyecto Hombre? —interrumpe Edorta. Por fin percibo algo de interés, mi ex compañero de clase se ha inclinado un poco hacia adelante.

—Así es, pasó una temporada en la Fundación Izan, en Ategorrieta. Iván tuvo una muy mala adolescencia y estuvo muchos años fuera de combate —omito los detalles de que era un yonki que venía al barrio en busca de dinero y que atracaba a los niños que se sentaban en los bancos de la plaza del Txofre—, pero después de varios tumbos y una parada larga en el hospital recondujo su vida. Siempre ha dibujado muy bien. Su familia le ayudó a montar la academia, sobre todo su padre, que tenía ganas de reencontrarse con su hijo, del que estaba muy desligado desde niño. Hace ya diez años que Iván tiene, digamos, los pies en la tierra. Pero cuando lo vi conduciendo el coche en el que viajaba Pablo... No sabría decirte, Edorta, pero estaba ocurriendo algo.

—¿Algo? —Edorta me mira pensativo. Cree que soy un cotilla al que no hay que tomar demasiado en cuenta, lo leo en su rostro todo el tiempo y me desanima a continuar—. ¿Algo como qué? ¿Algo delictivo?

—Sí, creo que sí —intento explicarme de la mejor manera posible—. Pablo no estaba nada bien y me pareció que había algo más. Siento no ser más concreto, pero todo fue muy rápido y me quedé más con la impresión que con una imagen clara, concisa, de lo que estaba pasando. Si me viene algo más a la cabeza ya te llamo para contártelo, por ahora eso es todo lo que recuerdo.

Edorta quiere decir algo más, los ojos de toro enormes, saltones y secos, pero finalmente solo asiente en silencio y yo me despido de él sin sentir el alivio que esperaba al acudir a la policía.

La historia de superación de Iván Katz es muy conocida en Gros, un barrio formado por un cúmulo de edificios antagónicos que se levantan solemnes y apretujados frente a un mar colérico y encajonado en uno de los márgenes de la ciudad de San Sebastián. Se podría decir que la vida de Katz forma ya parte del elenco de historietas que se relata en sus cocinas y que nutren la leyenda de cualquier lugar. Iván volvió a Gros hará una década, tras un intenso peregrinaje por el lado oscuro de la vida, pero en realidad su historia aquí empezó para mí bastante antes, hace 35 años, cuando yo tenía siete y mis padres se mudaron de la zona residencial de Bera Bera a uno de los últimos edificios de la calle Zabaleta, una esquina ventosa y húmeda que saluda casi de frente a la playa de la Zurriola, la del mar loco, y se codea con el neblinoso monte Ulía por su costado derecho.

La familia Katz vivía en la quinta planta y nosotros en la inmediatamente inferior. Mi primer recuerdo de Iván es el de un niño retorcido y de mirada fría. Había sido un bebé muy deseado y tardío y se crio adorado e idolatrado por su madre, algo que a los demás niños del barrio nos hacía mucha gracia sin que llegáramos a manifestarla abiertamente: no era buena cosa reírse de Iván, que tenía poco de niño y mucho de escorpión, y nuestro instinto infantil nos mantenía alejados de él.

Iván siempre parecía caminar con un pie en el submundo, cargando mensajes encriptados sobre su estrecha y pálida espalda de criatura de asfalto. Y ya en la adolescencia la parte más salvaje que todos intuíamos se adueñó de todo lo demás y las esquinas de la ciudad se lo tragaron hasta arrastrarlo lejos del mundo durante, más o menos, diez años.

Antes de su caída, su madre se había dedicado en cuerpo y alma a su crianza, y su padre, arrinconado por aquella pareja formada por hijo y madre fue quedándose aparte, bastante aislado, hasta que se marchó de casa cuando Iván tendría unos 15 años. Silvano Katz, que así se llama el padre, se trasladó a un piso cercano, en la zona de nuevo Gros, y acabó convirtiéndose en un hombre cada vez más excéntrico. Descendiente de un alemán y una donostiarra, espigado y quijotesco, ya era un tipo exótico *per se.* Pasó su juventud recorriendo el mundo antes de aparcar su biografía en San

Sebastián, adonde regresó tras el fallecimiento de su padre, un rígido empresario berlinés que le dejó, entre otras cosas, la casita del monte Ulía donde Iván ha montado su próspera academia, y otra finca en las tripas más salvajes de Gipuzkoa, en la frontera con el norte de Navarra, cerca de la sierra de Aralar.

Hoy Silvano es un personaje típico y entrañable que solo puede lucirse en los bares de los márgenes del barrio, en la zona que aún no han descubierto los turistas y donde al mar solo se le oye aullar de noche y bajito. Pero cuando su hijo tocó fondo, él resurgió casi de la nada, apartó a la madre (la «mamá oso», como la llamaba mi propia madre en su día) y le ayudó a retomar las riendas de su vida y a labrarse un futuro.

Pero, independientemente de su historia de superación, yo siempre he tenido clara una cosa: Iván Katz no está destinado a entregar una leyenda de éxito a este barrio, a esta ciudad, sino a formar parte de su historia más negra. Iván es listo, es guapo, un superviviente que hoy en día parece un fabuloso hombre de mundo, pero tiene un pie en el infierno. Y los que lo conocimos de niño lo sabemos.

Edorta asegura que Pablo Martiarena está bien, pero no sabe lo que yo vi en aquel coche; aunque yo tampoco. Solo estoy seguro de que ese chico no está bien.

## 2. EL TAMBORILEO DE LA BRUJA

—Lo que yo no entiendo muy bien es por qué te obsesiona tanto este tema *a ti*, que no eres policía... Si lo piensas bien, ya tienes bastantes problemas. En realidad, parece que estás buscando canalizar tu atención hacia algo que no sea el caos en el que vives desde lo de Natalia. Quieres esquivar tu dolor, eso es lo que yo creo.

Lorena da un aparatoso mordisco a su porción de pizza barata. Está sentada en mitad del estrecho salón bajo la luz pálida y débil del atardecer y de alguna manera me saca de quicio su forma de comer, pero no sé por qué, debe de ser algo relacionado con su prepotencia natural y su mala educación.

Es verdad que llevo dos días con el tema de Pablo Martiarena en la cabeza, pero me revienta que mi prima, que vive en mi casa de prestado, tenga que dar su maldita opinión de todo y saque a mi ex mujer a relucir cada cuatro frases.

Sobre la mesa hay una Coca-Cola *light* cero, «óxido líquido sin calorías» lo llama ella, y pienso que a Natalia no le haría gracia ver que mi prima apoya la pizza grasienta y extrañamente flácida sobre una servilleta de papel colocada encima de la distinguida mesa de madera que ella compró en una feria de antigüedades de la pequeña villa francesa de Orthez, como repetía cada vez que tenía ocasión. Mi recién estrenada mujer me dejó repentinamente hace seis meses, a finales de agosto, tan solo tres semanas después de casarnos y tras tres años de relación, pero no se llevó su mesa francesa, lo que me hace pensar que tenía ya otro lugar al que acudir donde había alguna mesa más exótica aún.

Desde que se marchó, Natalia no se ha puesto en contacto conmigo, como si tuviera la peste, como si fuera lo más normal. Como si los últimos años juntos hubieran sido un delirio, una fantasía, algo que no ha existido.

—¿No había platos? —le pregunto al final a Lorena. Y para qué.

Mi prima se encoge de hombros.

—Lo que te quiero decir es que, aunque vieras a Pablo Martiarena en el coche de Iván Katz, aunque fuera él de verdad, que tampoco lo sabes...

—Sí lo sé —interrumpo.

—Bueno, era él, vale; lo damos por bueno. Pablo Martiarena iba en el coche de Iván Katz. Pero aunque se tratara de él, ¿no puede ser que sean amigos y hubieran, no sé, quedado para hacer algo?

Mi prima sacude su larga melena rubia oscura, lisa y cautivadora como un lago con monstruo. No se parece en nada a mí, que soy más de tipo grande y moreno. Ella es rubia y flaca y espigada como un tallarín.

—La ciudad está empapelada con su cara —le recuerdo— y su madre sale en un programa de la ETB llorando e implorándole que vuelva, ¿y el chaval no coge y llama a su casa para decir que está bien?

—Esos carteles son ya viejos y lo mismo no quería que nadie supiera que había vuelto a San Sebastián desde Chile. Hay personas que necesitan desaparecer del mapa, como Natalia —chasquea los dedos—, personas que necesitan cortar lazos radicalmente, ¿sabes?, y por eso no llamó a su madre, que no sabemos cómo es, lo mismo le amargaba la vida.

—Igual —doy un trago a mi cerveza pensando en la mía, que no levanta cabeza desde que su único hijo se quedó «solo en la vida». Miro hacia el mueble de la tele y lo veo raro, desconocido. Una ansiedad vaga decora todo lo que me rodea desde hace unas semanas, haciendo extraño lo cotidiano; la llevo metida dentro y empringa toda la información que recibo, es una verdadera mierda.

—¿Pero por qué iba sentado en el asiento trasero? —continúo—. ¿Tú cuando te montas en el coche de un amigo viajas detrás del conductor, como si fueras un niño pequeño?

Lorena piensa mientras mastica esa porquería que dice que es pizza pero que parece puré pasado por un rodillo. Me extraña la manía que tiene de sentarse en el suelo, de comer todo en el suelo. Yo estoy hundido en el sofá, que es viejo y polvoriento y no me gusta nada, pero que se ha convertido en mi lugar natural porque nunca me animo a cambiarlo. Me cuesta convivir con Lorena, aunque agradezco que esté en mi casa de una forma que no llego a comprender.

—Te sientas en el asiento de atrás si el lugar del copiloto está ocupado por algo, como una caja de vinos —reflexiona mi prima.

Yo también pensé en una explicación de ese tipo.

—Igual Pablo Martiarena es de los que se marea —sopesa Lorena.

—Entonces no te sientas detrás, sino delante. Yo me inclino a pensar que, si iba detrás, era porque estaba retenido de alguna manera. Igual llevaba las manos atadas —reflexiono.

—¿Se las viste?

Mi prima levanta las cejas y da un mordisco gigante a su triángulo de puré.

—No, solo lo vi de perfil, y parte del cuello y la cabeza, y no toda. No le vi los brazos.

—¿Y cómo tuviste tan claro que era él?

Le he respondido a esta pregunta infinidad de veces, pero no me molesto en protestar.

—Por el corte de pelo tipo fraile y la cicatriz, y por cómo me miró Iván, con tanta intención. Algo pasaba ahí.

—¿Algo como qué?

—No lo sé, algo malo. ¿Has visto alguna vez un monstruo?

—¿Tú qué crees?

Lorena mastica como una trituradora de basura y los chasquidos de saliva revolotean entre nosotros. Doy otro trago a mi cerveza para distraerme, me avergüenza ser tan maniático con la forma de comer de los demás, pero de verdad que en buen momento me la encasquetó mi familia.

—Eso no es una explicación —critica Lorena—. Puede que Iván tuviera un mal día y por eso te mirara así. Este tema me interesa, Mikel, quiero destacar en algo y necesito que seas más riguroso. Necesito más datos.

Lorena aspira a hacerse con una plaza fija como redactora en el Diario Vasco, periódico guipuzcoano con el que también colaboro yo como fotógrafo pese a que el grueso de mi trabajo lo desarrollo en una conocida revista gastronómica de la ciudad. De momento, mi prima trabaja para el periódico como un parche, cubriendo bajas en diferentes secciones de la redacción. El año pasado hizo un máster de periodismo en Bilbao y le asignaron las prácticas en San Sebastián durante el verano. Ha conseguido mantenerse en la redacción después de septiembre, pero sabe que por ahora depende de las enfermedades y las bajas por maternidad de los compañeros, así que necesita un tema, «un *temazo*», algo que la «visibilice». Porque ella «quiere ser alguien». Y la supuesta desaparición de Pablo Martiarena le parece «un filón».

Suenan unos golpecitos fuera del piso, el desquiciante tamborileo que late dentro del edificio dos veces al día, y dejo que las malas vibraciones me traspasen como un velo, como hacen siempre. Es ella, Flora, la madre de Iván Katz, que sigue viviendo en el piso de arriba y que va a bajar a la calle. Suele salir de casa una vez al día y cuando lo hace se ocupa de que todo el edificio se entere. Flora Vergara sigue viviendo en el piso familiar donde creció Iván. Yo permanezco también en la casa donde me crié. Mis padres se instalaron hace diez años en la localidad francesa de San Juan de Luz, y yo me trasladé a vivir al hogar de mi infancia junto a Natalia.

Flora sale poco a la calle, pero cuando lo hace, baja y sube en el viejo ascensor. No le gusta la gente, así que va dando pequeños toquecitos con los nudillos en la pared del cubículo para avisar, supongo, de que va ella dentro. Así nadie más hace uso del ascensor y puede ir sola; o esa es, al menos, la teoría que barajábamos en mi casa.

A Flora los nervios le desmembraron el cerebro cuando su hijo empezó a caminar entre lobos durante la adolescencia. Nunca pudo superar esa época de miedo e incertidumbre, ni siquiera cuando Iván resucitó de entre los muertos y se labró una vida decente. Ella quedó tocada igualmente.

—Según Edorta, el *ertzaina* —le recuerdo—, Pablo está en Chile con su nueva novia, así que seguramente no hay mucho más que hacer, Lorena —le digo.

—Pero tú no lo crees.

Cavilo unos segundos mientras observó cómo se oscurecen los muebles del salón a la par que la noche va ganando puntos allí fuera.

—Veo algo raro, Lore, pero no sé qué es —admito.

—O sea, no lo crees.

Me mira con sus ojos de pirata, fieros y femeninos, la lata de Coca-Cola apretada en su mano blanca.

—No, no lo creo.

—Y por eso mañana vamos a ir a ver a la madre de Pablo.

—¿Cómo dices?

—Que yo te creo, Mikel, y que vamos a verla. No tienes nada mejor que hacer.

Voy a replicar, pero no lo hago. La verdad es que no tengo nada mejor que hacer. Llevo días sin enviar ninguna foto al periódico y las justas a la revista. Trabajo como autónomo —o *freelance*, que suena mejor— y he tenido épocas muy buenas, con coberturas diarias y fotos semanales de portada, pero desde hace un tiempo estoy de capa caída. «Tus fotos son oscuras, deprimentes, no valen ni para fotonoticia. A la gente le gusta ver personas, y ni te preocupas en sacarlas», me dijo un compañero hace poco, en una comparecencia de prensa de los responsables del Hospital Donostia. Y es verdad. Pero cuando dejas de ver el mundo dejas de fotografiarlo. Todo lo que he inmortalizado las últimas veces es morralla pero, por ahora, no consigo ampliar el objetivo.

# 3. LA MADRE DE PABLO

Pablo Martiarena estaba completamente loco por «la chica más extraña» que ha pisado tierra firme y es imposible que se haya fugado con «una chilena esperpéntica, una tía fea y grosera que aparece así, de repente, de la nada». Él nunca sustituiría a la «lagarta de la que estaba enamorado» por esa otra, «tan fea». Esto es, en resumen, lo que nos asegura la madre de Pablo Martiarena cuando vamos a visitarla. Pero empecemos por el principio, porque no es, ni mucho menos, todo lo que tenía que contarnos.

Mañana de martes, justo un día después de mi poco fructífera visita a la sede de la Ertzaintza en Hernani. Nos plantamos en la casa de Begoña Gallardo, una villa ochentera de ladrillos naranjas ubicada junto a dos centenares más en la zona residencial de Bera, clase pudiente de San Sebastián, villas, chalets y lujosos adosados cohabitando en tranquila armonía entre los valles verdes fosforito que abrazan la ciudad desde atrás con una indiferencia infantil. Nos abre la puerta una mujer desdibujada que tiene la misma mirada acuosa que Pablo Martiarena en los carteles naranjas que envuelven las calles, unos kilómetros más abajo, en el terreno urbano del mar. Rubia, pantalones de pinza beige, jersey de pico azul marino, miles de joyas de oro que la adornan sin sentido ni belleza, y zapatillas de casa. Trémula, habla, y parece que lo hace una doble superpuesta en el mismo lugar, las facciones se le desintegran y arman a cada segundo, avanzando y retrocediendo como si fuera y dejara de ser al compás de un sistema nervioso colapsado por la situación. No sé dónde está su cara o su nariz o sus ojos, todo son palabras que danzan en torno a ella y nos llegan columpiadas, marchitas y nerviosas: Pablo no se ha marchado, dice. Todo lo que cuentan es mentira, insiste. A Pablo se lo han llevado.

Intento que la mujer deje de encender y apagar el interruptor de sí misma sujetándola del brazo con suavidad. Eso parece mantenerla en *On*. Nos guía por el jardín de su casa lentamente, esquivando pensamientos invisibles que ve en el camino de piedra, junto a las briznas de hierba seca. Los dos avanzamos agarrados como dos viejos familiares a la salida de un tanatorio.

Entramos en su casa y Lorena le dice que es periodista. Ella se sorprende y un temor cruza por su rostro. No recordaba si nos habíamos presentado al llegar, en la entrada de su jardín, ni qué hacíamos allí ni para qué habíamos ido. Simplemente nos había dejado pasar porque ya no le importaba nada y porque los conocidos que le preguntaban por su estado de ánimo se habían convertido en sus amigos, porque la tragedia había borrado las líneas divisorias entre el *ellos* y el *nosotros*, porque ya su intimidad era de todo el mundo para que no pudiera matarla. Aquello no iba a ser fácil, o quizá sí.

—¿Eres periodista? Pues díselo a todos —le pide la mujer a Lorena. Se recompone, no quiere parecer una loca, aún recuerda que la imagen que proyecta uno es valiosa—. Como madre y como persona cabal, te lo digo sin la menor duda,

Lorena —modula la voz y mira fijamente a mi prima—: a mi hijo se lo han llevado. No se ha ido. Se lo han llevado.

Parece que la mujer va a agarrar las manos de mi prima, como se espera de las señoras angustiadas que tienen ante sí a una ávida periodista que les puede sacar del trance trasladando su problema al mundo, pero no lo hace porque Lorena tiene un extraño halo de cristal que debería reventar si quiere que la gente le confíe sus asuntos. Ella misma se percata de ello y se encorva intentando volverse más pequeña, más cercana, más íntima. La madre de Pablo ignora el gesto y nos invita a pasar hacia un salón, al fondo.

Hogar beige, lujoso, reluciente, ramos de hortensias secas por todos lados, alfombras ocres, tonos blanco y pastel y un leve olor ácido que es el de la angustia cuando se concentra y ensucia el aire. La señora Gallardo no nos ofrece nada. Se sienta en un sofá almendrado y duro y Lorena se acomoda frente a ella, en una butaca de cuero marrón de las que se ven en las revistas de decoración y que gira sobre sí misma.

—¿Por qué cree que alguien se ha llevado a su hijo? —pregunto como si fuera un investigador privado. Me he metido demasiado en el papel y Lorena me mira con desaprobación, los ojos turquesa convertidos en dagas. Esa expresión también deberá eliminarla de su repertorio si quiere triunfar, pienso.

Yo estoy de pie, no me quería sentar a un lado de la madre de Pablo y me quiero apoyar en algo porque estoy incómodo, pero solo hay una lámpara larga como un cisne anoréxico que da una luz que parece vaho de hadas y que cae sobre la mujer introduciéndola en un escenario de los hermanos Grimm.

Begoña me mira sorprendida, como si hubiera preguntado una estupidez.

—¿Que por qué creo que se lo han llevado? Porque aquí no está, evidentemente.

Su respuesta debería zanjar el asunto y Lorena parece que va a decir algo, sentada a medias bajo la luz hipnótica del cisne herido, pero no puedo parar:

—No, si yo la creo completamente, no me entienda mal. Se lo digo porque la policía afirma que Pablo se ha marchado voluntariamente a Chile.

—No se ha marchado voluntariamente, y eso, para quienes conocemos bien a Pablo, es una obviedad —la señora Gallardo se agarra y frota las manos con rabia.

—¿Pero se ha ido? —insisto lo más suavemente que puedo.

—Igual sí, pero desde luego, no voluntariamente —me mira con sus ojos de agua y leo perfectamente la desesperación que siente.

—¿Cree que su nueva novia le retiene de alguna manera? —pregunta Lorena con falsa suavidad.

—Esa orca no es su novia.

—La Ertzaintza afirma que lo es. Pablo dice que lo es —subrayo con trazo fino. De repente me doy cuenta de que estoy desesperado por saber qué le ha pasado a ese chico.

—Ella ha dicho que es su novia y Pablo podrá haber dicho lo que haya dicho, pero es rotundamente falso. Mi hijo estaba colado por una chica, tonto perdido por ella. Y desde luego, esa chica de la que estaba colado no es la chilena gorda y fea esa con la que, supuestamente, está en ese país.

Begoña sacude la mano con rabia. Al otro lado de la ventana se ve parte de una ladera frondosa y bastante florida para ser invierno. Trinan los pájaros que no han muerto durante las Navidades. Todo es idílico, tal como lo recuerdo yo. Bera es mi barrio natal, antes de que mis padres se mudaran a Gros y me sacaran de mis céspedes verdes y del silencio tangible y la bicicleta como medio de transporte indispensable.

—¿Por qué está tan segura de que la chilena no es su novia? —pregunta Lorena. Pero lo hace sin acritud.

—¿No vale con que yo os lo diga? —el dragón de la ira asoma por el rabillo de ambos ojos de la señora Gallardo. Lorena se echa hacia atrás de forma casi imperceptible—. La Ertzaintza igual, coño —ese *coño* me pone en alerta. La señora está fuera de sí. Seguramente no ha dicho coño en años—. No voy a volver a explicar lo que ya he explicado mil veces. Si la desaparecida fuera una chica se estaría levantando toda la ciudad para encontrarla, pero como es un chico y no muy agraciado, pues se ha fugado él solo detrás de una loca gorda y fea.

Nos quedamos en silencio. Empiezo a hablar antes de que Lorena se me adelante.

—Begoña, se lo preguntamos porque es algo bastante típico entre la gente joven ocultar a sus parejas si piensan que no van a contar con la aprobación de sus padres —y, claramente, pienso, la chilena no es del gusto de la señora Gallardo.

—Ya te he explicado, o eso creo, cariño, que Pablo estaba loco por la otra chica —la madre de Pablo nos habla como si fuéramos retardados—. A la chilena no la he visto en la vida hasta ahora. La otra chica, la guapa, ciertamente no me gustaba un pelo, pero mi hijo no me la ocultó. Además, a Pablo le estaban sacando el dinero. Yo creo que la primera chica es la que le estaba sacando el dinero. Tal vez la chilena sea una cómplice. No lo sé, he pensado tantas cosas... No paro de darle vueltas a todo, de intentar entender, pero todo es demasiado raro. Nada tiene sentido.

La señora Gallardo se hunde en el sofá. De repente ha empequeñecido varias tallas.

—¿Le estaban sacando dinero a su hijo? —pregunto.

Eso es nuevo. ¿Quién? ¿Desde cuándo? ¿Cuánto?

Sin decir palabra, Begoña se levanta y desaparece por un pasillo y, cuando vuelve, trae en sus manos un par de folios. Ha imprimido los movimientos bancarios de Pablo.

—El 4 de julio saca 800 euros. Dos semanas después, 1.000 euros. Otros quince días más tarde, 1.300 euros. 700 euros a la semana siguiente. Y así desde julio hasta que desaparece en enero, un total de 21.000 euros. No parece una gran cantidad, pero Pablo no tenía mucho más. Las extracciones las ha realizado en su mayoría en cajeros automáticos, pero en dos ocasiones ha recurrido a la ventanilla del banco. Como concepto, escribe: *curso*.

—¿Curso? —repito. Miro a la madre de Pablo.

—Eso pone aquí, sí. *Curso*. Pero Pablo no estaba estudiando nada. En los últimos meses estaba... Estaba buscando su lugar, de año sabático, digamos. Antes ya había trabajado en algunas cosillas y empezó a estudiar empresariales, aunque no ha terminado, pero solo le quedan tres asignaturas.

—En cualquier caso, ningún máster te cuesta ochocientos o mil euros al mes —interviene Lorena—. No tiene sentido, el dinero no es para un curso, lo ha puesto para despistar.

—¿No hay nada que justifique estos movimientos? —pregunto—. Tal vez sacaba el dinero para gastos corrientes.

—Pablo vivía aquí, en casa, no pagaba el alquiler, ni la comida, ni el consumo de luz o de agua, ni nada —Begoña me mira como lo haría un cactus si tuviera ojos.

—¿Y no puede ser que tuviera problemas con...?

—No juega y no consume drogas —me interrumpe y me mira fijamente. Para estar medio muerta es rápida y me lee el pensamiento de una forma vertiginosa.

—¿Cómo sabe tanto de su hijo? —pregunto al fin.

—Ya le he dicho que vive aquí conmigo. Bueno, vivía.

—¿Y le contaba sus cosas?

La mirada de Begoña Gallardo cae al suelo, pero rápidamente recobra posiciones y fulmina la mía.

—En los últimos meses hablaba poco, eso sí es verdad —admite—. Pero es que estaba raro. Parecía... diferente. Incluso hablaba distinto.

Lorena y yo le miramos interrogantes.

—Lo poco que me hablaba, utilizaba expresiones raras, parecían medievales, no lo sé. Tal vez sea solo una impresión —continúa.

—A veces, cuando uno empieza a salir con alguien, se le pega su forma de hablar. Yo salí durante un tiempo con un gaditano y adopté muchas expresiones suyas —comenta Lorena —. ¿Tal vez la chilena le ha pegado su manera de hablar?

Begoña suspira con lo que parece hartazgo.

—Ya os he dicho que Pablo salía con una chica de aquí, de San Sebastián, y es entonces cuando empezó a hablar raro. La chilena es un apaño de última hora, no tengo ni idea de dónde ha salido.

—¿Y cómo se llama esa novia real de Pablo?

—¿La chilena?

—No, la que tenía aquí, la de San Sebastián.

—Erika. Pero no sé cómo se apellida. Yo estoy convencida de que ella tiene algo que ver con toda esta desgracia que estamos pasando —nos mira con una determinación que no quiere que cuestionemos—. Una madre sabe esas cosas. Desde que Pablo empezó a verse con ella tuve una corazonada rarísima: esa chica me traería problemas. No era buena —se sienta en el sofá y acaricia con la palma de la mano la funda de un cojín—. No la he visto nunca en persona porque era de esas mujeres que no quiere que se la vea, que no se presenta a la familia ni a los amigos ni a nadie. Pablo cambió radicalmente cuando la conoció, hará dos años. Al principio estaba contentísimo con ella, parecía que iba a estallar de pura felicidad, iba por la vida levitando. Y yo esperaba que nos la presentara, porque siempre parecía que andaban juntos, así que yo quería que la trajera a comer a casa, yo qué sé, lo normal, pero la chica siempre tenía una excusa lista para no presentarse ni por aquí ni por ningún lado. Enseguida me di cuenta de que Pablo bebía los vientos por ella pero para mal: ella dirigía la relación. Nunca hacían nada que Pablo quisiera, ¿me entendéis? Yo no la veía a ella hacer ninguna cosa por él.

—¿Ninguna cosa? ¿Como qué cosas?

La torpe pregunta de Lorena rebota sobre la alfombra antes de acomodarse en el regazo de la madre de Pablo. Ella no la esquiva.

—Todos los años los primos de Pablo y él mismo, todos con sus parejas, se reúnen en una casa que mi familia tiene en Hondarribia. Allí hacen una comida, una gran comida, en el jardín. Es una fecha importante para mi hijo, él nunca ha fallado. Pablo es hijo único y está muy unido a sus primos, aunque la mayoría ya no viven aquí —nos aclara. Y chasquea los labios con pena—. Yo sé que Pablo quería ir con ella, se sentía orgulloso de esa chica, y les dijo a sus primos que allí se verían y se la presentaría, que yo lo escuché decírselo por teléfono. Estaba muy contento. Pues bien, al final no solo no la llevó, sino que él tampoco fue. Y estoy segura de que fue ella quien le pidió que no acudieran. Parece una tontería, pero esa comida es uno de los pocos enganches familiares que mantiene Pablo. Mi hijo siempre ha sido un poco... solitario. Tiene amigos, bastantes, pero en el fondo son más conocidos suyos, no forma parte de ningún grupo. Pablo es en realidad un poco satélite, como se suele decir. Sin embargo, le gusta ver a sus primos; sus primos son sus hermanos, algo que le recuerda que no está solo en el mundo.

Begoña se levanta y nos indica que le sigamos. Avanzamos por un pasillo ancho hasta una habitación, la habitación de Pablo, tan simple, cuadrada, ordenada e infantil que si abro el cajón de los calcetines estoy seguro de que me encontraré una piedra de costo escondida en alguna esquina. Una cama cubierta con un edredón de cuadros y un armario de madera repleto de *posters* de coches. Y en las baldas, cómics, libros viejos del colegio, otro sobre micología y otro más sobre motores. Dos marcos con fotos. En una de ellas, un Pablo adolescente nos sonríe al frente de un atardecer soleado. El pelo y la expresión pertenecen al típico chico surfero de la playa de la Zurriola. Se le ve un poco niño pijo y algo *bala*. Sin embargo, aunque lleva el cabello rubio desgreñado y la sonrisa rebelde, va vestido con el uniforme de un colegio muy serio. Y lo reconozco: es Erain. Pablo era alumno de un colegio del Opus Dei que se ubica en Irún. Su madre me lee el pensamiento. «Nunca llegó a ser nada religioso», me revela con algo de pena. «Y mejor le habría ido. Aún conserva amigos del colegio, eso sí».

En la otra fotografía, Pablo posa junto a otro chico que se le parece mucho y que identifico enseguida: es Beñat García, el hermano pequeño de Unai García, amigo mío del barrio, de cuando vivía en Bera, otro espécimen clásico donostiarra. Hace muchísimos años que no lo veo, pero apunto mentalmente que debo contactar con él también. «Unai es vecino nuestro y amigo de su primer colegio, el Itxaspe». Lo identifico. Itxaspe es una ikastola que se levanta sobre la chepa de Igara, una campa al oeste de la ciudad en la que el ladrillo ha ido ganando músculo en las últimas décadas.

Pero, aparte de las fotografías, no hay ninguna cosa que llame la atención allí. Sobre el escritorio descansan botes de plástico llenos de clips, otro bote de bolígrafos hecho con pinzas de colores, «una manualidad del colegio», y un cenicero ennegrecido «mi hijo es fumador».

Mientras miro la soleada habitación de Pablo, pienso que el chico no pega con Ivan Katz, que es un vampiro más cerca de las sombras de los edificios traseros y las farolas fundidas del barrio que de los cantos de sirena de esa playa bella, la de la Zurriola, que todo lo malo que hace es tragarse un turista borracho por año, no más, o de Bera, un reducto silencioso de villas y parques. Pero nunca se sabe.

—¿No tiene una foto de Erika?

Lorena interrumpe mis pensamientos.

—Esperadme aquí, voy a por el teléfono.

Begoña sale de la habitación y vuelve enseguida con el teléfono móvil. Nos colocamos a ambos lados de ella mientras busca una foto. Pulsa. Y allí está: Erika.

—¿Es ella? ¿Pero esta foto es actual? —la imagen no está muy bien enfocada, pero me parece estar viendo a una chica de 1920, un ave nocturna bella y efímera de 1920, para ser exactos.

—Sí, es actual. Erika... es rara. Si la miras bien parece un gato. No me gustan los gatos —comenta Begoña con repentina rabia—, son traicioneros. Esta foto la puso Pablo como foto de perfil de Whatsapp, pero enseguida la eliminó. Ella se lo pediría. Y en internet, esta chica no aparece por ningún lado. No conozco su apellido, pero la he buscado como he podido y no la he encontrado ni en LinkedIn, ni en Facebook, ni en ningún lado —comenta Begoña.

En la fotografía, Erika mira vagamente a la cámara con unos ojos alargados del color de los mojitos, unos ojos que no parecen reales. Su cabeza es una explosión de rizos negros domesticada con un juego de cintas plateadas. Sonríe como un animal cuando ve una alacena de comida abierta. Su cuello es blanco e infinito, pero a la vez su rostro parece algo moreno, como si se dedicara a recoger aceitunas en el campo solo de vez en cuando.

—Parece un poco friki —resume Lorena con simplicidad—. ¿Dónde la ha conocido?

—En un bar.

La madre hace una mueca de desaprobación.

—¿Qué bar? —pregunto.

—El Irla Txikia, en la Parte Vieja. Mi hijo siempre andaba metido allí.

—¿Y ha hablado con ella desde la desaparición de Pablo?

—Erika nunca me llamó. Nunca. La policía al parecer sí

habló con ella. Y les dijo que hacía ya unos meses que no estaba saliendo con Pablo, que habían terminado la relación de mutuo acuerdo. No se lo cree ni ella. Mi hijo no la habría dejado ni muerto.

—¿Cómo es ella? ¿Pablo le contaba algo de su relación? —pregunta Lorena.

Begoña piensa unos segundos.

—Para él Erika era especial, diferente a todas las demás. Para mí era fatal. Una de estas chicas que ves y piensas: nada bueno le va a dar esta.

—¿Y la chilena? —pregunta Lorena.

—A esa no la conozco... Al parecer se llama Karen de la Luz y solo la he visto en un vídeo de Whatsapp que me envió mi hijo desde el teléfono de ella que, por cierto, ya no está activo. Ahí salen los dos sentados en la mesa de una cocina fea. Ella le llevará quince años a mi hijo y es mucho más grande que él. No es para nada su tipo.

Antes de que se lo pregunte, Begoña saca su móvil y busca un vídeo. Pulsa el *play* y allí está Pablo, con su mirada acuosa muy seria y una sonrisa débil, sentado en una mesita redonda blanca. Detrás de él solo se ve una encimera de un chillón color granate y un fregadero pequeño. Completan el conjunto un viejo microondas y un frigorífico pequeño y viejo de color arena.

*—Hola, amá, no te preocupes, estoy bien; estoy dándome un tiempo con Karen aquí, en Iquique, en Chile, una ciudad preciosa, te gustaría. Necesitaba un respiro, amá. Te lo explicaré todo a la vuelta. Karen, di hola a mi madre.*

Una mujer se inclina bruscamente hacia Pablo dejando que la cámara del móvil la capte a medias.

—*¡Hola, mamá de Pablo!* —saluda bruscamente con una mano.

—*Cuando vuelva a España te llamo* —habla de nuevo Pablo—. *Un beso, amá, no te preocupes por nada. ¿Karen?*

—*¡Chao, suegra!*

Karen lanza un beso a la cámara. Es una mujer que tiene algo desagradable, pero no se trata del acné o del pelo sucio agarrado en una coleta. Son sus ojos negros: fríos, indiferentes, poco armoniosos. Sus gestos desgarbados. Su claro desinterés en la llamada y en la madre de Pablo. El vídeo rezuma falsedad.

Decido arriesgarme:

—Begoña, ¿era Pablo amigo de un tal Iván Katz?

La madre de Pablo tiene la mirada perdida muy dentro de sí misma. Es evidente que el vídeo la deja fuera de combate. Sin embargo, tras unos segundos, regresa con nosotros a la habitación donde nos encontramos.

—¿Iván Katz?

—Sí, Iván Katz.

—No me suena de nada. ¿Quién es ese?

Veo que Edorta no le ha llamado para informarle de lo que yo le he contado.

—Un chico que también ha desaparecido —improviso.

—¿Aquí en San Sebastián?

—No, en Bilbao —otra mentira.

—¿Con quién andaba su hijo en el tiempo anterior a desaparecer?

La iluminación parece bajar dos tonos en la habitación. Es obvio que la madre de Pablo aprieta la mandíbula.

—Con Erika. Solo con Erika.

# 4. EN BUSCA DE *LA MANTIS*

La clave es: ¿qué conexión existe entre Erika e Iván Katz? ¿Tienen algo que ver entre ellos? Esas son las preguntas que debemos responder. Por ahí debemos empezar.

Nueve de la noche de un viernes de febrero, milagrosa y extrañamente no llueve y la ciudad ha sido invadida por una bocanada de viento sur que ha llenado los pasillos del ambulatorio de Gros con gripes silvestres y a mí me ha inyectado una dosis de fiebre de baja intensidad que me mantiene en un mundo paralelo lleno de suaves claroscuros. Los pulmones me duelen como cuando fumaba hace mil años, pero eso también me proporciona un amable estado de sedación.

Lorena y yo caminamos como dos agentes de la CIA, con paso firme y cabeza alta, bastante patéticos, la verdad, y salimos del barrio por el puente del Kursaal para adentrarnos en la maraña humana que enreda el alma del bulevar donostiarra en altos y bajos y olores de perfumes de grandes cadenas de moda. El viento sur ha sacado a la gente a la calle y noto claramente la ciudad retumbando bajo mis pies, latiendo como un animal herido que quiere seguir viviendo.

Pienso que quizá el suelo se hunda —debajo del bulevar hay un *parking* «sostenido» por los antiguos muros que protegían la ciudad hasta hace dos siglos— o quizá solo sea la ira de San Sebastián, una ciudad muy parecida a una crema de espárragos, suavecita y con poca sal, servida en una vajilla de porcelana clásica y que en el fondo carga un extra de pimienta, hervores sofocados, espuma marina y hielo, una rabia elegante y amargada que quien puede colocar los pies en el suelo, siempre mojado por la maldita lluvia, y sentir, entiende perfectamente. Desde que los turistas empezaron a clavar sus sandalias en el lomo de la bestia y la ciudad empezó a ponerse maquillaje y a escupir hacia arriba, el latido se percibe aún más desbocado, siempre al límite.

—Basati, van a construir un hotel en el centro de la ciudad que se va a llamar Basati —me cuenta Lorena mientras caminamos. Mi prima me medio lee el pensamiento, es una maldición familiar—. Basati, que a los extranjeros seguro que les suena a palabra italiana —se ríe— y que en euskera quiere decir animal salvaje, ¿ya lo sabías?

—Sí, no soy de Teruel —contesto—. Es un nombre muy apropiado para una ciudad tan difícil.

—¿Cómo? —me mira curiosa. Para Lorena, que ha crecido en Bilbao, San Sebastián es una ciudad sencilla y clara, todo menos difícil.

—Nada, una tontería.

Llegamos al bar Irla Txikia, en la calle San Jerónimo de la Parte Vieja. Allí Lorena «está convencida» de que vamos a encontrar a Erika, la novia verdadera de Pablo Martiarena, la que lo metió en la jaula del amor y la perdición, lo separó de su madre, de su idílico hogar, le arrancó la cabeza y se la comió. La chica es fácilmente reconocible, y si no está allí hoy, daremos con ella tarde o temprano.

Y la encontramos. No en el primer momento, pero sí en el segundo, lo que no estaba en mis planes, a decir verdad.

Entramos en el Irla Txikia, un sitio extraño para una chica que rondará los 25 años: barra ocupada por veteranos de las tabernas, de *cincuentaymuchos*, cierto aroma a ácido úrico, luz canela, agradable, bar pirata, viejo, y poco aparente. No hay jóvenes, ni turistas. Pedimos una cerveza Lorena, un vino yo. Nos quedamos sentados como tontos en los altos taburetes bajo la luz grave y absurda de unos focos amarillos. Junto a nosotros, cuatro ballenas varadas en la barra, una colección de calvos que musita entre dientes historias mil veces repetidas. Buena música, buena copa, tranquilidad, eso sí.

—Aquí ni de coña encontramos a *la mantis* —le digo a Lorena. No sé por qué la hemos empezado a llamar *la mantis*. La chica se llama Erika, y hasta donde sabemos su único delito ha sido salir durante un tiempo con un pringado y absorberle el amor de su madre hasta convertirla en la madrastra de Blancanieves. Nada demasiado raro.

—Es extraño que no tenga perfiles abiertos en ninguna red social —me repite Lorena mirando hacia las ballenas que beben a nuestro lado. En mitad de ese bar de vejestorios Lorena parece un ave exótica extremadamente pulida y fuera de lugar, una obra de arte en un trastero.

Lo de los perfiles sociales abiertos en internet me lo ha dicho infinidad de veces, pero a mí no me parece tan inusual: yo mismo no me he hecho uno hasta hace bien poco.

—Lo tuyo es diferente —me aclara Lorena—, por tu edad. Los de más de cuarenta sois más inactivos en cuanto a redes sociales y eso.

—No te creas —doy un sorbo a mi vino. Me está entrando de miedo.

—Bueno, vale, algunos sí que están en redes. Pero eso: están. No publican mucho, están ocupados con sus trabajos o sus hijos. Pero entre los de mi generación hay un impulso exhibicionista. Si no estás no existes. Así que estás.

No estaba del todo de acuerdo, he leído en no sé dónde que en Estados Unidos los jóvenes más *a la onda* no tienen presencia de ningún tipo en internet: creen que es el secreto de su éxito, la marca de la casa, es el enigma. Jóvenes interesantes y no alienados. Gente *cool*.

—¿Crees que *la mantis* oculta algo? Quizá solo la estamos prejuzgando por su físico inusual.

—Me encanta cuando te pones peliculero, primo. ¿Crees que oculta algo? —me imita Lorena, que para algo es insoportable—. Pues, sí. Creo que la clave de la desaparición de Pablo radica en ella y me parece increíble que tu amigo Edorta no la haya interrogado más a fondo.

—No es mi amigo, solo un antiguo compañero de clase. Además, Pablo no se ha marchado con *la mantis*, sino con otra.

En el fondo, estoy bastante convencido de que Erika tiene la clave de la desaparición de Pablo, pero me niego a ser como los ignorantes de cualquier lugar, que lapidan a la gente por corazonadas. Lucho contra mi propia esencia medieval. Hasta que no se demuestre lo contrario, Erika es solo una novia de Pablo antes de que este desapareciera.

El vino está muy bueno y por una vez no estoy pensando en nadie, solo en el aquí y ahora, y eso no está mal. Hace meses que vivo en un circuito cerrado, en una fortaleza de rutinas que me mantiene a salvo de mí mismo. Esta salida es una excepción que no me está haciendo daño y me avergüenza pensar que me siento vivo por haber salido de mi casa y de mi barrio y estar aquí sentado.

Terminamos la copa después de demorarla todo lo posible, pero Erika no ha aparecido por el bar y el número de boyas ancladas en el mostrador se ha multiplicado. Lorena mira con impaciencia a la puerta y repentinamente se dirige al camarero, un tipo parecido a Freddie Mercury solo que con veinte años más.

—Oye, perdona.

—El camarero se vuelve incómodo, su séquito de ballenas no suele gritar, a lo sumo bufar de vez en cuando.

—¿No sabrás si va a venir Erika más tarde? —se lanza Lorena. Pienso que el camarero no le va a contestar, pero me equivoco. El tipo mira su reloj de muñeca.

—Es todavía pronto para Erika. Trabaja hasta la una en el Santa Clara. ¿Quién le busca?

—Soy una amiga de su antiguo colegio —improvisa Lorena—. Me encontré el otro día en la calle con ella y me dijo que solía andar por aquí. Me he acercado para ver si la veía y tomar algo.

—Ah, pues si te pasas hacia la una seguro que la encuentras.

Freddie Mercury no piensa que deba ocultar a Erika; para él no es una *mantis*. Se vuelve para colocar vasos secos frente a su público, sobre el que se alza un murmullo indescifrable de palabras. Entran dos chavales en el bar. No llegarán a los treinta. Se dirigen al fondo del local, donde el establecimiento se abre dando espacio a una pequeña estancia en la que hay una mesa de billar. Empieza a llegarme el olor a tabaco. Les permiten fumar allí dentro, así que ahora entiendo por qué Pablo, que según su madre era un fumador empedernido, acabó en este bar.

Miro el reloj en la pantalla del móvil. Faltan más de dos horas para la una.

—¿Tomamos algo por ahí y volvemos más tarde? —le propongo a mi prima.

—Tengo una idea mejor.

Lorena planea algo, y diez minutos después estamos sentados en una de las enormes mesas de madera del Santa Clara, que es un local cerca del puerto que aún no ha caído en las redes de los diseñadores New Age y que se mantiene tal y como se abrió en su día, allá por los años ochenta: desangelado. El sonido de la vajilla en la cocina es la banda sonora del bar, que tiene el suelo de linóleo cubierto de servilletas usadas. Componen su fauna tres veteranos de la Parte Vieja apostados en la barra y dos familias de franceses en una mesa junto a la nuestra comiendo chopitos grasientos y desmenuzando pan seco. Vamos a espiar a Erika. Ese es el plan de Lorena: vamos a espiarla un rato, para hacernos una composición del personaje y ver si hace algo raro.

—¿Algo raro como qué? —pregunto—, ¿envenenar la comida?

—Echarle la caña a alguien, por ejemplo. Si tenía tan absorbido a Pablo como dice su madre, ahora tendrá absorbida a otra persona; *las mantis* se alimentan de la devoción y la obsesión de los demás. Y ella es de esas, te lo digo yo.

Lorena me habla tan seria y los ojos se le han puesto tan peligrosos que es fácil rendirse a sus palabras.

Pasamos un buen rato sentados en la mesa de madera gigante junto a los franceses. Hace frío, porque en el Santa Clara no cierran las puertas, como si estuviéramos en Cuba, y el camarero, un hombre que no para quieto, va remangado y no parece darse cuenta de que todos sus clientes llevan el abrigo puesto. En esta tesitura, agradezco que el vino que he pedido esté caliente, aunque Lorena agarra su vaso de sidra con los dedos como pinzas de langosta. Está helada.

—Allí está —susurra de repente.

Vuelvo la mirada. Veo una chica de pelo oscuro y rizado agarrado en un moño informal. Está de espaldas a nosotros, de pie frente a una mesita alta, haciendo apresuradas cuentas junto a una máquina registradora. Y no me la imaginaba así: no es tan menuda como parecía en la foto y se la ve más vulgar. Lleva una falda negra de camarera de los noventa y una camisa blanca, y los brazos de codos resecos algo flácidos, y marcas de alguna cicatriz pasada en el antebrazo derecho. Parece mundana e inofensiva. No le vemos la cara, pero no parece una *mantis* seductora y peligrosa. Me vengo un poco abajo. La observamos durante diez minutos. Anotaciones, anotaciones, anotaciones. Es concienzuda y metódica. Mueve un pie mientras teclea en una calculadora Casio tan vieja como el lugar. Me doy cuenta de que Lorena, cada vez más encogida en su abrigo, también está dejando caer la posibilidad de que Erika nos dé una respuesta sobre la desaparición de Pablo. Pero de repente mi prima se endereza en el asiento como un resorte.

—¡Mikel! ¡Afuera!

Me giro, la puerta de la calle está a mi espalda. Miro hacia fuera. Justo en la entrada veo a un gato negro, elegante, elástico como un junco y esquivo como una noche en el Caribe. Solo que no es un gato. Tiene el pelo rizado amontonado como nata montada sobre una cabeza pequeña, los ojos rasgados de un verde que solo existe en los cuentos de brujas. Vuelvo a mirar hacia la mujer que hace cuentas en el mostrador. Se gira y muestra su perfil: nariz ganchuda. Arrugas. Unos cuarenta y cinco. Vuelvo la mirada a la chica en la entrada. Lleva un uniforme de cocinera negro y sostiene un enorme cubo de basura vacío. Está hablando con un hombre que bebe algo fuera del local y que la mira embelesado. Se nota a la legua que el hombre es de estos tipos pasados de vueltas que perdió la emoción por las cosas hace siglos pero, de alguna manera, la joven lo mantiene enredado en sus palabras.

—Es *la mantis* —dice innecesariamente Lorena.

—Ya veo.

—¿Qué te parece?

Noto al instante la competencia que ha surgido en Lorena.

—Bastante magnética.

—Ya salió el rarito, ¿magnética por qué?

A Lorena no le gusta nada *la mantis*.

—Porque el tipo de fuera, tú y yo no le hemos quitado la vista de encima desde que ha aparecido. Es una tía magnética. Creo que las familias de franceses también están mirándola.

Lorena se vuelve.

—No es verdad.

Los franceses tiritan mientras rebanan la grasa de los chopitos.

—Ya lo sé. ¿Y ahora qué hacemos? —pregunto.

—Vamos a esperar un rato.

Lorena tamborilea los dedos sobre la mesa. *La mantis* termina de hablar y le hace un gesto al tipo de 'ya hablamos'. Entra dentro del local, pasa a nuestro lado y se pierde tras atravesar la puerta que suponemos lleva a la cocina.

—No hay nada más que ver, trabaja en la cocina —comento—. Podemos esperar a que salga y abordarla.

—Espera un momento —susurra Lorena. Mira como una pirada hacia el tipo de la entrada, que sigue con su cerveza y su cigarro en la puerta del local. En el fondo del iris de mi prima hay viejecitas haciendo punto. Sobre el tipo cae la luz de la fachada del bar haciendo puré sus facciones.

—¿Qué tramas, Lore?

—Vamos fuera.

Lorena se levanta y coge su vaso. Pienso en discrepar porque hace demasiado frío, pero desisto. Antes de ir fuera me acerco a la barra a pedir otra copa de vino.

—*¡Pide también unas aceitunitas!* —me grita Lorena, y salimos a la calle.

# 5. EL HECHIZO DE LA BRUJA

Lorena me mira, me sonríe y coge una de las reblandecidas aceitunas del platito. Como muchos bares de la Parte Vieja, el Santa Clara cuenta con una pequeña barra de madera en el exterior para los clientes que quieren fumar o soñar con que están en Andalucía.

Hemos salido a la fría noche y colocado nuestras consumiciones junto a la cerveza del tipo que hace poco hablaba con Erika, que ni nos mira, absorto en el juego de luces y sombras de un anuncio luminoso que se dibujan sobre la fachada enfrente del local. El hombre rondará los cuarenta y cuatro, pelo negro áspero, desgreñado y salpicado de canas, está algo entrado en carnes y se le podría definir como un tipo corriente en esta zona.

El viento sur que había inaugurado la tarde ha sido arrinconado por una nueva oleada de invierno y se me pierde la mirada en el vaivén de luces que tienen atrapado al amigo de *la mantis*. Estoy tan absorto que ni me doy cuenta de que Lorena se ha doblado sobre sí misma en un gesto rarísimo que no termino de entender. De repente, lanza un gruñido roto, afónico, estremecedor, que hace que el otro tipo y yo saltemos hacia ella como dos muelles. Lorena se lleva la mano a la garganta y comienza a sacudir los hombros y la cabeza como si estuviera sufriendo un ataque epiléptico. La agarro de los hombros —*¡qué pasa, Lore, qué pasa!*— pero me empuja de un manotazo y clava sus ojos de sapo, los globos salidos, enloquecidos, en el tipo que, como una exhalación, se coloca detrás de Lorena, la rodea con los dos brazos y aprieta sobre su esternón con tal fuerza que creo que la va a romper y me abalanzo para ayudarla. Y entonces la veo: una aceituna sale volando de la boca de Lorena y esta empieza a respirar de nuevo, agitadamente primero, llena de babas, y llorosamente después, cuando se recupera.

Después todo va demasiado rápido. Lorena escupe al suelo, se limpia, abraza al tipo como una azafata de Fórmula1 y le da las gracias encarecidamente. Un grupo de personas ha salido del local para ver lo ocurrido, pero entre ellas no se encuentra *la mantis*.

—Me había atragantado con una aceituna y este me ha salvado la vida —afirma Lorena atropelladamente señalando al tipo. Su respiración aún es algo acelerada y veo lágrimas en los ojos de la madre francesa que se ha acercado hasta la calle y los niños que la agarran de la cintura miran atónitos a mi prima. Alguien comenta que las aceitunas son muy peligrosas y que ocurre poco para lo mucho que se comen, y el dueño del local pregunta si necesita asistencia médica «o algo». Lorena dice que no, que gracias. Las lágrimas caen por sus mejillas. No suelta al tipo amigo de *la mantis*, que parece intimidado pero orgulloso de sí mismo. «Lo vi una vez en una sidrería —explica él—. Con dos golpes secos aquí, entre las costillas, le sacaron a un hombre un trozo de chuleta así de grande que se le había quedado en la garganta. Yo solo he repetido lo que he visto».

Lorena quiere invitar al tipo a cenar, pero él declina la invitación, se tiene que ir, nos dice, trabaja como vigilante nocturno en el museo de San Telmo. Lorena le pide su teléfono, quiere enviarle un detallito e insiste hasta que se lo da. Se llama Andoni, nos dice. Andoni Sagasti. Y «de nada, de verdad», le alegra haberle servido «a alguien de algo». Lorena le da un nuevo abrazo y el tipo se sonroja y se va torpemente calle abajo dejando media cerveza sin acabar. El grupo se dispersa tan rápidamente como se formó y le pregunto a Lorena si se encuentra bien. Me siento culpable por no haber sabido reaccionar, yo, que estaba más cerca de ella que el tal Andoni. La agarro de los hombros y la atraigo hacia mí. Que inútil soy, entiendo que Natalia me haya dejado atrás, pienso fugazmente.

—Qué susto nos has dado —le digo a mi prima.

—No seas tonto —responde—. ¿Te lo has creído?

La miro comprendiendo a la vez. Hay personas que hacen cosas extremas sin saber si el final será feliz. No son muchas, pero Lorena está entre ellas. Me enseña la pantalla de su móvil: ya tenemos el contacto del nuevo amigo de *la mantis*, aunque no sé bien para qué. Pero Lorena sí lo sabe. El plan ha dado un giro. Ella llamará a Andoni Sagasti al día siguiente e intentará entablar una relación de amistad con él. Pero no estaría bien que sea también ella quien hable con Erika. Demasiadas casualidades. Así que seré yo quien contacte con ella esta noche.

—No debes cagarla —me dice como si fuera Hércules Poirot y yo su becario. Desde su estratagema de la aceituna se ha venido arriba, lo noto.

Tomamos algo más en un bar cercano, el Sirimiri —vibrante, gastronómico, joven y extranjero—. Yo una Coca-Cola, porque no debo «relajarme mentalmente», me explica Lorena, que ahora es la cabecilla de nuestro equipo de idiotas, al parecer, y se marcha abandonándome a mi suerte con *la mantis*. Miro el reloj, son la una y diez de la mañana, hora de ir a cazar panteras.

La veo en cuanto entro al Irla Txikia porque los focos de la barra rebotan en su mata de rizos oscuros y da brillos a medio local. En realidad, *la mantis* es tan espléndida que parece que se ha tragado cuarenta luces de neón. Es menuda, pero omnipresente. Sin embargo, advierto que la colección de planetas que gravitan sobre la barra no repara apenas en ella: están acostumbrados a verla. Yo, sin embargo, me deleito observándola unos segundos antes de entrar en acción.

Me acerco a ella. Está al fondo del bar.

—Hola.

Me mira con cierto desprecio. Leo las palabras desfilando en su mente: *un ligón de barra, lo que me faltaba, qué pereza, largo.*

—Hola, Erika —le repito. Se vuelve hacia mí: huele a una extraña mezcla de sandía y bazar persa, nunca pensarías que acaba de salir de una cocina seguramente grasienta.

Me mira con curiosidad con sus ojos verdes borrascosos.

—¿Cómo sabes mi nombre? ¿Eres adivino? —pregunta.

—Es un nombre muy común.

Enarca las cejas y se lleva el cigarro a los labios. Sí, le dejan fumar. A Freddy Mercuri no le importa en absoluto que yo sea asmático. Un fumador ocasional asmático, pero un enfermo crónico al fin y al cabo. Y muy viejo también, por lo que constato.

—No, en serio —digo cuando ella vuelve la cabeza a la barra, dispuesta a ignorarme porque soy penoso—, te estaba buscando. Me llamo Mikel.

—Ah.

Achina los ojos para esquivar el humo y sacude los rizos. ¿No piensa preguntarme por qué la busco? De repente la chica se ha evadido. Noto que está volando, perdida en su mundo de Oz.

—Te busco porque tengo una información sobre ti y quiero contrastarla, si no te importa.

Vuelve de Oz y me mira con una indiferencia que arrastra una montaña de miedo agarrada a su cola.

—¿Eres periodista?

—Sí.

—¿De qué medio?

—Diario Vasco.

Apaga el cigarro en un cenicero que le acerca Freddy. Cuando vuelve el rostro hacia mí encajo como puedo el impacto de la belleza de su rostro. Es más jodido hablar con chicas guapas, pienso. Uno siempre se siente imbécil.

—¿Tienes información sobre mí? —pregunta—. ¿Y de qué asunto, si puede saberse?

Parece entre divertida y aburrida, una mezcla muy coctelera. Yo me siento como Bob Esponja, sé que me ve como a Bob Esponja y seguramente me estoy pareciendo a Bob Esponja.

—De la desaparición de Pablo Martiarena.

Espero el efecto. *La mantis* es un animal de agua fría y apenas percibo una turbulencia en el contorno de sus brazos, largos como anguilas. Muy, muy leve, como el ritmo del lago cuando se lanza una piedra plana a sus aguas. Me mira con su largo y blanquísimo cuello inclinado y la cabeza levemente alzada. Sus labios parecen perfilados por un artista de los buenos.

—¿Y qué tengo que ver yo con la nueva vida de Pablo?

—Eso quiero saber. Verás, a nosotros nos gusta contrastar las noticias, no somos un periódico kamikaze —empiezo un discursito soporífero sobre la ética en los medios de comunicación—. Si nos llega una información delicada, hablamos con el afectado para ver qué hay de cierto o de incierto en ella.

Quiero darle a entender a *la mantis* que la información de que yo dispongo ha podido llegar a otros medios que no se han puesto en contacto con ella y que le estoy dando la ocasión de desmentirla. Omito decirle que soy fotógrafo, no redactor.

—¿Y qué información delicada es esa?

Sonríe con una ironía dulce que me desarma por completo.

—Que Pablo era tu novio, se volvió loco por ti y se gastó lo que no tenía, miles de euros, en ti. Y que, cuando lo dejaste sin un euro, perdió la cabeza y se lio con otra cabeza loca que se lo llevó a Chile, a Iquique, para ser exactos. Y que ahora su madre lo busca por todo el continente americano porque cree que la chilena es una secuestradora o que aquella mujer y tú sois unas estafadoras que actuáis conjuntamente.

Termino mi discurso de corrido, como un alumno aplicado y repipi. *La mantis* dibuja media sonrisa desde la que sale humo, y es como en una siniestra atracción de feria.

—¿Y qué interés puede tener eso para un periódico? Un tío mayor de edad supuestamente se gasta el dinero en su supuesta novia y después lo dejan y se larga con una chilena. ¿Eso es noticia?

—Claro que no. Para nosotros, que somos un medio serio, no tiene ningún interés. El problema es que la madre de Pablo y sus amigos dicen que él no se ha marchado a Chile voluntariamente, aunque no saben qué hace allí con esa mujer. Pero su madre está convencida de que tú tienes algo que ver y de que le has sacado dinero. Todo es muy amarillo, y tienes razón en que informativamente no hay nada, pero es un buen tema, la ciudad está empapelada de carteles con la cara de Pablo y otros lo publicarán; le darán una vuelta a la noticia para hacerla presentable y poderla hacer correr por las redes sociales. Todo vale porque cliqueen en tu medio. Para otros, quiero decir, no para nosotros.

—No hay que ser Einstein para percatarse de que todo lo que dices es absurdo. Si yo le estafaba, como tú dices, ¿para qué iba a quererlo en Chile?

—Pues no lo sé, dímelo tú. Igual para que no te acusaran de tener a Pablo con el seso sorbido, por ejemplo —improviso—. Si está con otra mujer es que muy enganchado a ti no estaría. O tal vez para que no te acusaran de haberle puesto contra las cuerdas económicamente. Los billetes a Chile son caros.

—Tonterías. Todo lo que dices son tonterías. A mí Pablo no me dio un duro. Eso es comprobable. Mis cuentas están exactamente igual antes de conocerle que ahora.

—Te pudo dar el dinero en mano.

Apoyo el codo en la barra intentando parecer indiferente, pero está demasiado lejos y mi postura es forzada, así que vuelvo a ponerme en modo pino. *La mantis* no parece impresionada, sino ligeramente aburrida.

—Mira, no quiero seguir hablando de este tema: Pablo y yo salimos un tiempo, eso es verdad, pero la cosa no funcionó por motivos que no le importan a nadie. Teníamos diferencias irreconciliables, ¿eso se dice ahora, verdad? Pues eso. Amistosamente nos separamos. Y ya está.

—¿Y las salidas de dinero?

—No tengo ni idea. A mí no me dio nada, yo tengo mis propios ingresos. Y eso se puede comprobar. De hecho, cuando salíamos por ahí le invitaba yo porque él estaba pelado. Puedes preguntar por aquí mismo, en la Parte Vieja.

—¿Y entonces, ese dinero que sacaba adónde iba?

—Pablo tenía sus vicios, pero por respeto a su intimidad no voy a desvelar cuáles eran.

—¿Se drogaba? Su madre jura que no.

—He dicho que no quiero hablar de eso.

—De hecho, su madre dice que se había vuelto abstemio —insisto—, que no tomaba vino ni en Navidad. La verdad es que me extrañaría que alguien que se esté metiendo miles de euros por la nariz, hasta 21.000 para ser exactos, rechace una copa de vino, ¿no? Sería raro.

—¿Quién ha dicho que Pablo se drogaba? —Erika me mira con exasperación y yo rebajo el tono.

—Has dicho que tenía sus vicios, y, de los que se me ocurren, ese es uno de los más caros. Al parecer no se compraba nada material, así que eso tan caro en lo que se gastaba el dinero de su herencia debía de ser algo que se consume, y no me dirás que se iba de putas estando contigo.

—No, claro que no. Pero Pablo tenía sus cosas, que solo atañen a él. Pregúntale a él.

*La mantis* es tan bella, un personaje de cómic una noche en Chicago, un gato en un tejado de París y así podría seguir hasta enumerar todos los tópicos existentes. Maldito Pablo, no me extraña que te volvieras loco y abandonaras tu mundo conocido por esta sirena de un mundo paralelo.

—¿Era ludópata? —insisto—. Porque la policía lo descarta, ni casinos ni juego *online* ni supuestas apuestas —invento.

—Ya te he dicho que le preguntes a él. Yo no estoy autorizada a contarte nada de su vida.

—Lo haría, pero ya no tiene teléfono, ni ninguna forma de contactarle, como bien sabrás. Envió un vídeo a su madre desde el móvil de la chilena, una tal Karen Luz que seguro que no conoces porque tú no sabes nada.

*La mantis* sonríe.

—Por algo será que no tiene teléfono, igual está harto de la desequilibrada de su madre.

Erika salta del taburete y se agacha para coger una mochila del suelo. La camiseta se le levanta por atrás y veo tatuado a un lado de su cintura dos pequeños peces nadando en sentido opuesto el uno del otro.

—Bonito tatuaje, yo también soy piscis —soy tauro, pero lo mismo da.

Me mira con curiosidad.

—Pues estás perdiendo los dones de los peces. Tienes el agua en recesión. El aire te está revolviendo las aguas.

—¿Has intentado contactar con Pablo con todo el revuelo que se ha montado? —ignoro su discursito astrológico.

Se muerde los labios y es la primera vez que parece de este mundo.

—No.

Y sé que miente. El rostro se le llena de sombras.

—¿Qué quieres que publique, Erika?

La joven mira al suelo, después a un lado. No sabe qué hacer.

—Publica lo que quieras —consiente finalmente—. Lo cierto es que Pablo llevaba una mala vida, no era feliz, y nadie supo verlo salvo yo. Lo nuestro no funcionó, pero parece que ahora él está mejor que antes.

—¿Con la chilena? —pregunto escéptico. ¿Quién podría sustituir a *la mantis*?

—Con quien sea.

—¿Crees de verdad que está con ella, con Karen Luz?

Silencio. No, claro que no lo cree.

—¿Conoces a Iván Katz, Erika?

—¿A quién? —¿no ha tardado un poco en contestar? He sentido un par de segundos apretujados entre mi pregunta y su respuesta.

*La mantis* recoge su mochila y empieza a organizarse para irse con sus aires exóticos y de repente siento como una oleada que no quiero que se vaya a ningún lado, que si se marcha se llevará sus luces de neón y la cálida burbuja en la que hemos conversado y me quedaré a oscuras con la podredumbre de una noche invernal en la que no hay más que agua de lluvia, calvos y frío y todo será corriente porque estará muy lejos de la hiperrealidad de su presencia.

—¿Te vas ya?

Parezco un marido con miedo, un ansioso perdedor. No me contesta. Me mira con sus ojos llenos de algas antes de volver la mirada al frente y salir del bar. La soledad me rodea como un banco de pirañas. Es hora de volver a casa.

# 6. EL ADIÓS DE NATALIA

Abandono el Irla Txikia un rato después de que a *la mantis* se la trague la noche de febrero. No he querido salir del bar justo detrás de ella aunque su despedida me haya abandonado en una especie de realidad granulada, una realidad que vale menos que la que se había formado con su presencia y que huele a hielo y a serrín y a horas muertas. Las voces giran en torno a mí como pequeños demonios coléricos. Todo lo que hay a mi alrededor y todo lo que veo no vale nada ahora.

Pero yo no sé salir detrás de nadie, quizá por eso mi mujer no haya vuelto desde que se marchó, pienso de repente, sin venir a cuento. Quizá por eso no se haya puesto en contacto conmigo, porque espera que sea yo quien salga a buscarla. Las alarmas se me encienden en algún lugar. Igual. Igual es solo por eso.

Camino por la oscura calle San Jerónimo y desemboco en el bulevar con las sirenas de mis errores arrojando luces dentro de mi cabeza. El latido de la ciudad bajo mis pies suena ahora bajito, roto, cansado. Pongo rumbo a Gros y pienso en mi mujer, recordando. En el fondo, siempre pensé que Natalia tenía la mente algo enferma. A veces me daba la impresión de que padecía una aguda insatisfacción permanente, la misma que sufren los niños ricos de los barrios altos y los corresponsales de guerra: la calma y el ritmo predecible de los días tranquilos le inyectaban en el ánimo tormentas y ansiedad. Ella siempre necesitaba más. Más cosas, más movimiento, más horizontes; y que fueran cada vez más raros, más difíciles, más extraordinarios. Otra cosa. Otras cosas. Más.

Pero nada de eso me puso sobre aviso de lo que ocurriría. El día que todo acabó entre nosotros no parecía que nada hubiera acabado entre nosotros. Todo estaba igual que el día anterior. No me enteré de la gravedad de la situación, no me enteré de que me estaba dejando, no me enteré de que bajo la apacible superficie de nuestros días había una colmena de avispas deseando volar hacia arriba. Aun así, todo lo que me dijo mi mujer la última noche que estuvimos juntos venía atizado por dos *gin kases* preparados como ramos para enamorados en la gintonería de la calle Zabaleta y una botella de Valdemar que desapareció antes de que nos trajeran los postres en el restaurante Xarma, junto a la playa, donde habíamos cenado un par de horas antes. En definitiva, no parecía algo como para tomárselo en cuenta.

La cara se le torció a Natalia con la segunda copa de ginebra y se le fue desfigurando mientras caminamos por la calle, de vuelta a casa. La noche era demasiado cálida y pringosa para que saliera nada bueno de ella. Subimos a la azotea de nuestro edificio con la excusa de ver una luna que esa noche yacía agobiada tras la bruma, tan romántico me pareció y era una mierda. Los tejados desde allí se retorcían entre el salitre del mar de la playa Zurriola, que casi no bramaba aquella noche, como si estuviera en coma, una cosa rara en esas aguas siempre desquiciadas, y las voces subían polvorientas desde un agosto angosto y oscuro como la cuesta de un túnel de feria. Allí me lo dijo, que yo era una mentira. Me pareció tan típico que me insultara de una forma tan infantil con una copa de más que no le presté demasiada atención, Natalia siempre arremetía contra mí en las noches perfectas, porque la sucesión de las cosas buenas, de placeres como los paseos junto al mar, los *pintxos* exultantes y las copas de vino brillantes y la belleza que ofrecía la ciudad, armoniosa y bonita hasta la caricatura, le inquietaban hasta hacerla trepar por las paredes de un sistema nervioso colapsado por una especie de culpabilidad burguesa por lo que ella consideraba demasiados regalos del azar, demasiadas cosas buenas inmerecidas. La gente se moría por ahí, en otros países. Éramos gente con suerte, con demasiada suerte, y eso Natalia no se lo perdonaba y debíamos purgarlo por algún lado, sobre todo cuando el bienestar trepaba al pódium y su ánimo se agitaba como una culebra. Y entonces, generalmente se atacaba y me atacaba a mí.

Y así empezó aquella noche que fue la última para nosotros. Tú eres una mentira, me espetó, significara lo que significara aquello. Me senté en un saliente de hormigón, una anomalía arquitectónica de una azotea que parece industrial, más que vecinal. El Cristo del Sagrado Corazón del monte Urgull, a unos kilómetros, sonreía a la masa de turistas borrachos que pateaban el muelle donostiarra. «Devuelves una imagen íntegra, no se te deshilachan las costuras. A los cinco años, a los nueve, a los trece, los veinte y ahora, a los cuarenta y dos, sigues pareciendo íntegro. Hay que mirar muy bien, como yo sé, para ver el cinismo, para darte cuenta de que detrás de la fachada no hay nada, solo una indefinición cobarde de quien en realidad no quiere ser. Si metiera la mano en tu pecho no sacaría más que aire».

Y algunos hierbajos lejanos de cuando fui un niño, más indefinido aún, pensé; cuando fui un niño felizmente cautivo en un mundo de lujo donde en el jardín crecían las hortensias y en los balcones las buganvillas y las voces de agosto olían a hierba cortada y no a salitre viejo. Pensaba en ello mientras miraba al Cristo preso como una guinda de un pastel en la punta de un monte bajo y gordo.

«Te gustaría no haber crecido nunca, no estar aquí conmigo», siguió diciéndome Natalia.

«Mi mundo no es Nuncajamás», murmuré. No lo pilló o no le pareció gracioso, y a mí tampoco. En los ojos de Natalia había un desprecio tan puro que parecía una Latin King, o Queen, si es que hay de eso en San Sebastián. Acojonaba.

Pero no quiero ser injusto. Qué triste ha sido para Natalia escalar hasta la cima de los *treintayalgo* con una vida tranquila, un trabajo más o menos seguro y un marido que a la vista de todos parece normal, y mirar alrededor y no ver más que extensiones de vacío. Estoy seguro de que la alpinista Edurne Pasaban sintió lo mismo cuando alcanzó la cima del Everest: aquello no merecía la pena. Solo era vacío, un vacío más espectacular que el que podía ver desde el suelo, pero solo eso, vacío.

«No sé ni con quién hablas», siguió Natalia. «Me planteé vivir con ello, añadió, porque todas las relaciones flaquean en algunos puntos. Pero no tengo manos para tantos agujeros».

Otra de Natalia.

Se marchó al día siguiente. No llevábamos ni un mes casados. Me dejó solo con el barullo de las tuberías viejas y los cantos dulzones de las radios de los coches esperando al semáforo verde abajo, en la calle. Yo creía que aquella perorata cargada de dardos era una de tantas. Pero a la mañana siguiente se fue de verdad. Nunca pensé que lo haría durante la resaca, que siempre quiere atraer una estabilidad que la cure de sus demonios. Pero cumplió su amenaza ese domingo, caminando con sus maletas sobre las mareas de incertidumbre y nauseas como un caballero medieval. Y me dejó solo con mi vacío esencial, ese al que no le había puesto nombre y que se le había hecho tan insoportable. En mitad de un agosto caluroso. Nunca se debería dejar a alguien en agosto. Nunca.

# 7. EN LA GUARIDA DE IVÁN KATZ

Debería estar trabajando, buscando alguna foto buena que pueda enviar al periódico antes de que se olviden de mí definitivamente o retratando la enésima invención culinaria del enésimo gastro-bar nuevo que enciende sus fogones en la ciudad, pero estoy parado como un tonto en la ladera del monte Ulía porque me he dejado convencer por Lorena para venir a hablar con Iván Katz directamente en su escuela de dibujo y pintura.

Todo el mundo sabe que los secuestradores/asesinos suelen sincerarse con la gente que va a preguntarles por sus víctimas. Todo el mundo. Y como yo «no he sacado nada de provecho de *la mantis*», según mi prima, lo mejor es indagar directamente con el protagonista principal. Así que aquí estamos.

—A ver, claro que no va a decirnos directamente lo que ha ocurrido, pero podemos ver sus reacciones, intentar sonsacarle algo, robarle alguna frase que lo autoinculpe —comenta Lorena a mitad de camino.

Estaremos a unos treinta metros de la academia donde se imparten las clases de Iván, en un sendero semiasfaltado, cubierto de maleza y tan descuidado que no parece que pertenezca a San Sebastián.

—Robarle alguna frase que le autoinculpe... —me río sin quererlo—. No sé, Lore, me da que nos hemos pasado con los documentales de asesinatos —desde que Natalia se marchó y Lorena se plantó en mi casa dejamos correr las noches viendo programas estadounidenses que abordan crímenes reales, como *Crímenes imperfectos*, *Viviendo con un asesino*, *Mujeres letales*, *Durmiendo con su asesino*, *Niños asesinos* y en general cualquier documental de este género de los que emiten en los últimos canales de forma casi ininterrumpida.

La idea maestra de Lorena es grabar a Iván Katz metiendo la pata, dejando escapar las palabras mágicas que nos lleven hasta Pablo Martiarena. Para completar nuestra misión, ambos llevamos grabadoras: yo la misma que va incorporada en mi teléfono móvil, que guardo en el bolsillo de la cazadora, un poco abierto para captar bien el sonido, y Lorena utiliza una pequeña grabadora profesional que esconde en su bolso.

Miro atrás, bajo las faldas del monte. El barrio de Gros bulle pueblerino un lunes por la mañana de invierno, sin turistas, sin la luz del sol, sin nada que le saque brillo y nadie que le lance piropos.

—No nos va a pasar nada —me asegura con suavidad Lorena. Me mira con preocupación y condescendencia.

—Claro que no.

Aparto mis ojos de la urbe y caminamos hacia la casa, una construcción achatada de rugosas paredes blancas y alargadas tejas grises, una anomalía en el entrecortado rosario de caserones vascos y ruinas de piedra y villas de corte francés que amigablemente cohabitan y se esconden en la vegetación enloquecida que crece en los márgenes de la ciudad, en sus laderas, y que componen ese enigmático circuito de rarezas y joyas arquitectónicas que han sobrevivido a duras penas al cambio de siglo. Esta casa, en la que Iván ha levantado su negocio, es diferente, esencialmente marina, casi mediterránea, y sé por mis padres que se construyó a finales de 1937 bajo las órdenes de Hans Katz, el abuelo de Iván, un alemán alto y delgado y severo que aterrizó en Donostia a primeros del siglo XX y, enamorado de los negocios que vislumbró en la ciudad, acabó formando una familia y una empresa en ella.

Nos acercamos. En el exterior de la academia, junto a una de las paredes blancas, hay un alumno plantado frente a un lienzo. Cada pocos segundos el chico lanza una mirada atormentada hacia un Cantábrico que se retuerce diabólico a los pies del monte Ulía. El alumno parece el típico chaval con las neuronas apaleadas por el abuso de sustancias durante una juventud temprana, la mirada enloquecida, los gestos descarriados, la espalda encorvada y los brazos huesudos y resecos. Ni nos ve. Su vena artística solo le permite captar la imagen que quiere reproducir. Me acerco y veo que en el lienzo hay esbozos de lo que podría ser agua salada o un charco de sangre. Se ve que ha captado el mar tal y como se muestra hoy, y lo miro con otros ojos, admirado de la calidad de lo que pinta y de su visión tormentosa de este mar visceral y agresivo que se esparce sobre la ciudad en invierno.

Lorena y yo pasamos por su lado y empujamos una pesada puerta de madera para entrar en la academia. Lo primero que encontramos es la sala de recepción, amplia, blanca, madera que cruje, luminosa, repleta de elementos relajantes como conchas de mar y redes de pescadores que cuelgan en las esquinas. Una recepcionista que parece llegada de 1988, cuando aún la gente se compraba la ropa en las tiendas bohemias especializadas en faldas con espejos y colgantes de amatistas, nos sonríe beatífica. El aire apesta a incienso y a romero.

—*Egun on* (buenos días) —la joven nos saluda con tranquilidad.

—*Egun on.*

Nos acercamos a la mesa de recepción y la chica nos mira pasmosa, esperándonos.

—Estamos buscando a Iván, a Iván Katz. ¿Está por aquí? —pregunta Lorena.

Directa al grano.

—Iván ha finalizado ya sus clases. Él suele venir aquí muy temprano —responde la chica.

Son solo las diez y media. Miro mi reloj y la recepcionista hippie traduce mi pensamiento.

—Hay alumnos que vienen a clase antes de ir a trabajar, casi al amanecer. Les relaja, les da un poco de oxígeno antes de volver a sumergirse en un sistema laboral esclavista que es por desgracia el que rige en Occidente y que les obliga a convertirse en siervos del más fuerte durante jornadas inhumanas.

Le sonrío. Una loca. Qué bien. Me gustan los locos, es más fácil sacarles información.

—Claro —digo.

—¿Y cuándo volverá? —Lorena, con su falta de tacto habitual, hace caso omiso del rollo antisistema. Lorena odia a los ideólogos, dice que le dan «pereza» y «urticaria».

—A veces vuelve a última hora de la tarde, si tiene alguna sesión. A veces, no vuelve.

—Claro, no es un siervo del sistema capitalista.

Lorena no puede reprimir el sarcasmo, pero la recepcionista no lo descodifica.

—Exacto, eso es —asiente.

—¿Y se puede contactar con él de alguna manera? —añade Lorena—. ¿Podrías pasarnos su teléfono?

La sombra de una duda abofetea el delgado rostro de la joven. Como ya es habitual, Lorena habla con una brusquedad que deberá limar si quiere ser una de esas periodistas a las que se les cuenta cosas, que entran bien y tal.

—Ehhh, bueno... Es el 943...

—El fijo de la academia no, ese ya lo tenemos —interrumpe Lorena con impaciencia—. El teléfono móvil de él.

—¿El móvil?

—Sí, el aparato ese supercapitalista que se puede llevar en el bolsillo.

—Somos viejos conocidos, yo soy su vecino y quería hablar con él de un asunto.

Paso por encima de las palabras de Lorena con mi voz más amable. Espero haber zanjado las impertinencias de mi prima y que la recepcionista no haya llegado a asimilarlas.

—No sé si yo puedo facilitarles su teléfono personal.

La joven ahora me mira a mí y evita sin disimulo a Lorena.

—Es solo para preguntarle por un tema sin importancia —le explico con suavidad. ¿Por qué la ponemos en esta situación? Lo mismo nos da volver esta tarde a buscar a Iván. ¿Para qué queremos su teléfono?

—Bueno, en ese caso, no creo que pase nada, la verdad —asiente ella—. El teléfono de Iván es el 680980950.

Dispara el número sin respirar apenas, pero Lorena lo anota en su móvil con agilidad marciana.

—¿Podemos ver la academia? Parece muy bonita.

Señalo hacia la puerta que supongo lleva al interior.

—Claro, no hay problema... A partir de las once está a tope, pero ahora se puede pasar sin molestar.

La joven nos indica con la mano la puerta a la que Lorena y yo ya nos dirigimos. Cruzamos al otro lado y, automáticamente, una ola de olor a hierbas del bosque nos envuelve como un abrigo, y eso que las ventanas están abiertas y el salitre que eructa el Cantábrico cada cierto tiempo le hace competencia, así como un olor que supongo será el de la pintura y los disolventes con los que trabajan los alumnos. La sala parece un *loft*: un amplio espacio al que la luz salta desde cuatro altos y alargados ventanales situados en la parte superior de las paredes. Apoyados contra una de ellas hay decenas de lienzos, cuadernos, cajas de pinturas y demás materiales que no sabría identificar. Es un lugar espléndido, un edén en mitad de una ciudad, un paraíso de calma por el que la vida circula suave y amable. Se respira armonía y belleza.

—Igual me apunto —me susurra Lorena—. Me quedaría a dormir aquí.

Caminamos por la clase sintiéndonos únicos y especiales entre tanta armonía flotante y entramos en la sala siguiente, donde cuatro alumnas, todas sexagenarias, tratan de reproducir en sus lienzos un bodegón en el que todas las piezas son peculiares: flores negras con espinas alargadas, un jarrón de piedra blanca contra el que se amontona fruta exótica... Pasamos de puntillas, sin molestarlas, aunque ellas conversan entre sí y dejan que sus risas asciendan hacia la luz empantanada en el techo. Nos dirigimos hacia una puerta al fondo, pero no se puede abrir. A su lado hay otra, que también está cerrada. Miramos instintivamente al profesor de las mujeres, que nos indica con sus cejas, dos rabos de gato, que volvamos por la puerta por la que hemos entrado. Empujados por el dulce arrullo que flota por la estancia alcanzamos la salida y salimos a la recepción.

—Una academia preciosa —le comenta con sinceridad Lorena a la recepcionista—. Muchas gracias por permitirnos verla.

—Volved cuando queráis —responde la joven, que parece repentinamente inquieta—. Abarcamos muchas ramas dentro del universo de la pintura, muchos estilos.

—Muy interesante —conviene Lorena—. Ojalá tuviéramos tiempo, ¿verdad, Mikel? —se vuelve hacia mí.

—Pero también impartimos clases en horarios diseñados para gente que trabaja en oficinas, en fábricas, en colegios, o incluso en la carretera. Nos adaptamos a todo —la recepcionista no parece que quiera que nos vayamos—. Sin ir más lejos, hoy por la noche vamos a dar una clase muy interesante de iniciación que se va a centrar en...

—Ya, muchas gracias, ya veremos —la corta Lorena.

—No, de verdad, merece la pena probar porque son clases que te conectan con los universos que llevas dentro —continúa la mujer—. Todos tenemos en nuestro interior muchos mundos, y aquí enseñamos a sacarlos a través de la pintura.

—Eso está muy bien —intervengo yo. Empieza a impacientarme la extraña verborrea de la chica—. Ahora nos tenemos que ir, muchas gracias por todo.

Conseguimos salir de la academia y en cuanto empezamos a caminar cuesta abajo entiendo por qué la recepcionista trataba de retenernos: subiendo por un sendero se acerca un animal maldito, delgado, con mil rayos rebotando sobre su chepa. Distingo sus ojos azules antes que el resto de sus facciones. Viste unos vaqueros y una americana azul oscura sobre una camisa del mismo color. Es Iván Katz. Y me juego el cuello a que la recepcionista hippie le ha llamado para avisarle de que le buscábamos.

Compongo una sonrisa en cuanto está lo suficientemente cerca para apreciarla.

—¡Hombre, Iván! ¡Cuánto tiempo! —finjo alegría de verle. Se detiene, me lanza una mirada desconfiada y sonríe.

—Qué tal, tío. Hace mucho que no nos vemos por el barrio —me da un toquecito en el hombro con los nudillos. Lo hace de una manera que duele. Pero sus ojos sonríen, retándome. Huele a asfalto y a crema de afeitar.

—Hace mucho tiempo, sí —convengo.

Iván empieza a contar con los dedos.

—Exactamente seis días.

Se queda serio y me mira fijamente.

—¿Seis días? —hago el amago de recordar...— ¡Ah, sí! Te vi en tu coche, cuando salías del *parking* de la plaza Cataluña —arriesgo.

—¿Me viste? —Iván finge recordar. Sin embargo, es él quien ha dicho que nos vimos hace seis días. ¿A qué juega?

—Hace seis días, ya sabes... —titubeo. Hay algo raro. Siento peligro, aunque es imposible que pueda ocurrirnos nada allí, en la mitad de la mañana, en un monte que se ve desde el barrio, a pocos metros de la academia y sus tranquilas sexagenarias y la recepcionista comunista.

Silencio. Silencio. Silencio. El bramido del mar. Silencio.

—¿Y tú eres? —Iván se vuelve hacia Lorena. Sonríe. Lo hace con lentitud, con parsimonia. Lorena emana precaución, está ligeramente apartada y con los músculos en tensión, como si Iván fuera un *rottweiler* y dudara sobre si es peligroso o no. Finalmente, consigue sonreír y decir con voz de falsete:

—Soy Lorena, la prima de Mikel. Me gusta mucho la pintura y Mikel me ha comentado que llevas una academia.

—¿Qué tipo de pintura te gusta? —le pregunta Iván. Pronuncia la palabra pintura con sorna. Los ojos le brillan como si estuvieran recubiertos de aceite.

Lorena se queda callada. No sabe si Iván le está tomando el pelo o no.

—Me gusta el realismo. Y los retratos y...

Nunca había visto a Lorena aplastada por la duda e improvisando malos discursos. Lorena es buena inventando.

—A mí me gusta pintar el mar —dice Iván ignorándola. Mira hacia la playa de la Zurriola, a lo lejos. Allí el Cantábrico sigue celebrando su particular aquelarre y me pregunto cómo irá el chico pintor que lo estaba retratando a la entrada de la academia.

—¿El mar? —pregunto por llenar el silencio. Iván tiene la mirada perdida.

—El mar es muy bello por fuera y horrible por dentro —comenta pausadamente—. Sus tripas están llenas de secretos.

—Es verdad —convengo.

—Puede albergar barcos hundidos, selvas de coral, tiburones... —Lorena ha recuperado la compostura y se une a la conversación animada y parlanchina.

—O muertos —termina Iván. Nos mira detenidamente a cada uno y después sonríe.

Sonreímos con él.

—Los muertos los devuelve a la playa, como los troncos y las compresas —responde Lorena.

—No a todos.

Iván se nos queda mirando. Se lo está pasando de miedo.

—Si no queréis nada más de mí, tengo que dejaros ya, debo impartir una clase ahora —comienza a caminar y cuando ha avanzado un par de metros se detiene, se da la vuelta, y le dice a Lorena—, cuando quieras puedes pasarte a probar una clase, haremos retratos muy realistas, a ver si te gusta —levanta la mano en señal de despedida y desaparece tras la puerta de su academia.

Lorena y yo no hablamos. Bajamos la cuesta del monte en silencio, todo lo rápido que podemos. Estoy nervioso, deseando llegar a la calle, a la avenida de Navarra, que me devolverá a la civilización conocida llena de jubilados, repartidores de DHL y ciclistas desorientados.

En cuanto ponemos un pie en la acera y nos mezclamos entre los transeúntes, mi prima y yo nos miramos. Lorena tiene los ojos ansiosos.

—Aquí no —murmura, y señala el *Norta*, un bar que hace esquina entre la calle Zabaleta y la avenida de Navarra y que es suficientemente amplio para charlar discretamente. Entramos y nos sentamos en una mesita antes de acercarnos a la barra a pedir nada. Los dos necesitamos empaparnos de normalidad, pero mi prima no puede contenerse.

—¡Lo ha dicho, Mikel! ¡Nos ha dicho dónde está Pablo Martiarena! —Lorena casi grita—. ¡El chico está en el puto fondo del mar, primo!

—Lo sé, lo sé... —pero no estoy pensando en Pablo, sino en nosotros—. Iván sabe que lo sabemos, Lore.

—¿Y qué? ¿Qué va a hacer? —mi prima parece tan segura de sí misma...—. ¡Le he grabado!¡Cuando no miraba he pulsado la grabadora! ¡Lo tenemos diciendo que Pablo está en el fondo del mar!

—No, no lo tenemos, Lorena. Iván solo ha dicho que el mar esconde secretos como muertos. No ha mencionado a Pablo ninguna vez, y nosotros tampoco, no vale para nada.

Pero Lorena no escucha, está rebobinando su grabadora.

—Y, por cierto, que no me habías dicho que era tan guapo —me dice.

Pero no me da tiempo a contestarle porque ella pulsa el *play*. La voz grave de Iván se cuela entre nosotros. Volvemos a escuchar la grabación. Rebobinamos y escuchamos de nuevo todo. Iván no confiesa nada. Lo hace velada y únicamente para que nosotros lo entendamos.

—Si conseguimos más pruebas, esta grabación sí valdrá como complementaria. Solo necesitamos más pruebas —insiste Lorena.

Salimos del *Norta* tras dos cafés rápidos y Lorena se despide con una alegría nerviosa que a duras penas contiene mientras yo pongo rumbo al *parking* de la plaza Cataluña, donde tengo aparcado el coche con la espontánea intención de darme una vuelta por el pueblo de Andoain para ver los trabajos que se están realizando en algunos puntos del río Oria con el fin de evitar desbordamientos como los que sufren casi todos los inviernos. Tal vez consiga alguna foto buena. De camino, y casi inconscientemente, tomo la calle donde se ubica el pequeño taller de costura donde recibía clases Natalia. Desde que me dejó no he vuelto a pasar por esa calle, siempre la esquivo, prefiero no encontrármela. Pero hoy tengo las emociones pegando patadas a mi sentido de la lógica y decido que de perdidos al río, que si me la encuentro sería un buen momento para hablar ahora que nada me importa demasiado.

Me acerco hasta el taller, un pequeño y humilde local a pie de calle donde también hacen arreglos de ropa, y miro desde la acera hacia el interior. Detrás del mostrador, una mujer —que supongo que es Angelines, la dueña del negocio de la que tanto me hablaba Natalia—, atiende a una joven que le muestra el bajo de una falda. Detrás de ellas, localizo con la mirada la pequeña sala donde otras mujeres cosen en círculo. Distingo varias cabezas inclinadas sobre el trabajo, pero no la espesa melena oscura de Natalia. Miro mi reloj. Cuando aún estábamos juntos, Natalia venía a las clases hacia esta hora, pero tal vez ya no vaya o haya cambiado el horario. Me quedo plantado frente al local y de repente Angelines alza la mirada y me sonríe. No me reconoce: no sabe que soy el marido de Natalia.

—Buenos días, ¿necesita algo? —me pregunta con una sonrisa mientras abre la pequeña puerta de cristal. La joven de la falda ya sale y le dejo pasar.

—No... nada. Gracias. Solo quería saludar a Natalia —respondo mientras dirijo la mirada más allá de Angelines, hacia el interior. Huele a vapor de planchas y a madera vieja.

—¿Natalia? —pregunta—. ¡Hace tres semanas que no viene! Supongo que andará con mucho trabajo...

—¿Tres semanas? —me extraña. A Natalia le gustaban mucho aquellas clases, decía que la relajaban; aunque para ser honestos, Natalia era de empezar innumerables cursos que al final abandonaba por la mitad: danza oriental, inglés hablado, yoga... Así que me cuadra que no haya vuelto a las clases de costura.

—Tres semanas, sí. ¿Y tú eres? —pregunta la señora achinando los ojos.

—Nadie; bueno, un familiar. Me tengo que marchar ya —le contesto dándome la vuelta.

—¿Le digo algo si vuelve por aquí?

—No se preocupe, ya la veré yo mismo antes —miento.

Salgo del pequeño taller, y, cuando he avanzado apenas unos metros, escucho pasos muy cerca de mí, a mi espalda. Me doy la vuelta y me encuentro frente a frente con Carmen, la compañera de la clase de costura de Natalia, con su pelo grasiento recogido con horquillas y su expresión torcida, respirando con fuerza tras haber corrido para alcanzarme. Le sonrío. Carmen siempre me ha parecido una tía muy rara, pero en el fondo me alegro de ver a alguien que tenga que ver con Natalia, me hace sentir más cerca de ella, aunque los ojos oscuros de la mujer me miren graves y muertos.

—¡Hola, Carmen! —le saludo con sincera alegría.

—Deja en paz a Natalia. Ella necesita a alguien mejor que tú, alguien con quien pueda crecer. Tú le restas.

Dicho lo cual, la mujer se da la vuelta y camina apresuradamente hacia el taller de costura. Sus palabras me sientan como un puñetazo en el estómago, me dejan petrificado en mitad de la calle. Noto cómo la sangre me sube por el pecho y se me atasca en el cuello. ¿Qué mierdas le pasa a Natalia? ¿A qué ha venido eso? Barajo volver al taller, ponerle las cosas claras a esa tía insultante a la que he visto solo un par de veces en toda mi vida, pero que me trata como a un delincuente. ¿Quién coño es ella para hablarme así? Si no me conoce de nada, no nos conoce a Natalia y a mí de nada... Y cuando empiezo a caminar de vuelta al taller, ocurre lo más surrealista que podría esperarme: me topo cara a cara con *la mantis*, que se acerca desde el principio de la calle directamente hacia mí.

# 8. ESTO NO ES ÁFRICA

Hay personas que no pintan nada bajo la luz del día. Ver a un murciélago tomando el sol me habría extrañado menos que toparme con *la mantis*, o con Erika, en mitad de una calle normal, una mañana normal, de un lunes normal o relativamente normal de un febrero cualquiera. Así que cuando la veo me detengo en seco y el impacto que me han causado las palabras de la compañera de Natalia se hace añicos y cae a mis pies. Debe de ser el impresionante efecto que causa en mí esta mujer de fantasía, con su pelo de carbón y sus ojos verdes como los lagos del Misisipi. Pero no soy un ingenuo, esto no puede ser una casualidad, y se me ocurre que Iván la ha tenido que avisar de que acabamos de estar en su academia. Erika me dijo que no conocía de nada a Iván, pero ambos han estado con Pablo de alguna manera y estoy casi seguro de que existe alguna relación entre ellos, aunque aún no haya descubierto en qué consiste exactamente.

—¿Has cambiado de opinión y me vas a contar qué ocurrió con Pablo? —le digo cuando se planta a mi altura. Debería haberla saludado, haberle dicho lo normal que se dice en estas situaciones: *hola, qué casualidad, cómo tú por aquí, qué tal*, pero cuando entro en el radio de frecuencia de esta chica todo lo aprendido desaparece y los códigos que rigen en mi manera de relacionarme cambian radicalmente.

Ella sonríe y la calle se parte en dos ante mis ojos. ¿De dónde ha salido esta mujer? Me extraña que la gente que pasa a nuestro lado no se detenga en seco al verla. Para mí la carretera ya está levantada, los edificios echados hacia atrás y los coches uno encima del otro como una tarta de tortitas de chatarra. *La mantis* me descalabra la mente de tan guapa que es.

—Ya me lo dijiste tú mismo la otra noche: Pablo está en Chile con su novia Karen Luz.

Erika me coge del brazo y caminamos, o, mejor dicho, ella camina y yo le sigo por pura inercia sin comprender qué hace.

—Tienes buena memoria —le digo—. Karen Luz no es un nombre muy corriente por aquí.

La chica se encoge de hombros sin responder y camina hacia la playa de la Zurriola, probable sepulcro de Pablo. Bajamos a la arena, que esta mañana se expande eterna como una sábana blanca y brillante hacia un mar raro y oscuro.

—No es buen día para bajar a la playa —comento. Erika sonríe con lo que parece ironía, pero yo realmente no entiendo cómo he venido a parar aquí.

—¿Y eso por qué? ¿Por qué no es un buen día? —pregunta entornando sus bellos ojos.

—Estamos en febrero, hace frío, viento... Si te fijas, no hay nadie más por aquí que tú y yo.

—Ese es el problema vuestro —masculla Erika.

—¿Vuestro? —sonrío.

—De vosotros, las marionetas.

—Las marionetas —repito por lo bajo por decir algo.

Caminamos por la explanada con un viento helado sacudiéndonos cada poco rato hasta caer en un espacio de arena en el que el viento no entra y que el minúsculo sol de febrero acaricia con los dedos. Miro hacia arriba desde el repentino calor de ese cuadrilátero y veo la masa de edificios que conforman la ciudad brillando plateada al otro lado de la playa. Erika sonríe con lo que parece ironía ante mi desconcierto.

—Haz algo que la ciudad no prevé y te encontrarás cara a cara con ella. Con su historia, con su alma —dice.

Echa a andar y yo la sigo, agarrándola del brazo como si fuera un jarrón de cristal que pudiera romperse. Caminamos y caminamos bajo una luz silvestre que no reconozco. No sé dónde quiere ir a parar Erika. Me desconcierta lo que estamos haciendo, su actitud, pero me siento inmensamente tranquilo y cómodo con ella de su brazo y decido seguirle la corriente. Subimos por las rocas hasta la calle, cruzamos el puente del Kursaal y avanzamos hasta el Paseo Nuevo, también desierto seguramente porque los azotes del mar amenazan con lamer sus adoquines de un momento a otro. Desde allí, tomamos unas escaleras que suben hacia el monte Urgull.

No hay un alma por allí y se lo comento.

—Porque todos aquí hacemos lo mismo, exactamente lo mismo. Mantenemos las mismas rutinas aprendidas día tras día, generación tras generación. Un día en esta punta del mundo, un día en San Sebastián, no es un día sino un trámite; un día no es nada, simplemente un espacio de tiempo organizado dentro de otro espacio de tiempo, un puntito en un camino ya trazado. ¿Pero un camino hacia dónde? Hacia las pequeñas y grandes metas que nos imponemos, que nos imponen. Las metas. Las metas que lo matan todo, que roban la espontaneidad y el placer y que nos prometen que nos permitirán trascender cuando nada esté. Cuando todo eso desaparece, cuando no hay metas, te encuentras con la vida, pregúntaselo a los niños. Empieza caminando hasta desorientarte, hasta que los códigos de la ciudad vayan perdiendo color y desaparezcan y te encontrarás con todo ello mirándote a los ojos. Deja que pase el tiempo y será tuyo porque no existirá. Como en África. Un día allí es un día. Puede ser realmente el último y no va a ningún sitio, porque no tiene piernas. Así que un día lo es todo, y lo vives como tal, y entonces todo coge color de golpe, y olor, y deja de ser un trámite. Para ti, para todos, el tiempo es un trámite. Vivimos dentro de la rueda productiva más potente jamás inventada.

Bajamos de Urgull por un paseo abanicado por las ramas de los árboles y dejo descansar la vista sobre los tejados amontonados de la Parte Vieja que yacen a los pies del pequeño monte y sobre los que Erika deja volar su estrambótico discurso que escucho de forma flácida, sin entender a dónde quiere ir a parar.

—¿Cómo era Pablo, Erika? —le pregunto al fin, cuando guarda silencio dejando paso al silbido de una brisa marina.

Ella sonríe con inusitada dulzura y me doy cuenta de que, aunque Pablo no la habría dejado nunca, ella a él, tal vez, tampoco.

Pero no me responde.

—¿Por qué no está contigo? —insisto.

—Pablo debe seguir su camino.

Me doy cuenta de que se ha puesto triste. Quiero preguntarle por Iván y también por Andoni, pero no lo hago. Cuando abandonamos el viejo sendero de piedra y nos internamos en la calle 31 de agosto de la Parte Vieja, Erika me suelta del brazo y se marcha sin decir nada calle adentro. La vida se descuelga de golpe y yo pongo rumbo a mi casa, pero ya no reconozco el camino, la ciudad respira distinta a como lo hacía esta mañana, ahora es gorda y contundente como un gigante y no delgada y orgullosa como una señora elegante. No es la misma San Sebastián, y yo, hoy, no soy el mismo tampoco.

# 9. ANDONI SAGASTI, EL SALVADOR

Somos dos turbulencias con piernas caminando hacia otro destino improbable, ridículo, sabio según mi prima okupa, extraño, a mi parecer. Lorena y yo no somos los mismos después de hablar con Iván esta mañana, y yo aún me siento lleno de sol y sal y arrullos lejanos tras mi extraño paseo con Erika. No le he contado nada a Lorena, no sé por qué. Hay algo íntimo en lo que ha ocurrido, algo que, por ahora, no quiero compartir.

Lorena se comporta de manera diferente conmigo y con respecto al caso de Pablo Martiarena. Ahora ya sabe que lo que yo le decía es verdad, que Iván Katz tiene algo que ver, mucho que ver, en la desaparición del chico. Hasta esta mañana, lo sé, tenía sus dudas. Pero hoy Iván nos lo ha confirmado, no tanto con sus palabras como con la intención con la que las pronunciaba: Pablo Martiarena está en el fondo del mar. Yace como un alga enganchada a un ancla aquí al lado, bajo la masa de agua que baña la playa de la Zurriola, el mismo arenal que forma parte de nuestra calle, de nuestro barrio, de los paseos diarios de los vecinos. Ahí mismo está el hijo de Begoña Gallardo, enclavado en las profundidades junto a restos de tablas de surf y de botellas de cerveza.

Lorena y yo nos dirigimos hacia la Parte Vieja, directos al domicilio de Andoni Sagasti, el salvador de Lorena, el que consiguió que la aceituna que mi prima sostenía con la lengua en el paladar saliera volando hasta la pared de enfrente. Lorena ha conseguido su dirección después de un par de llamadas. Primero contactó con el Museo de San Telmo, donde él mismo nos había dicho que trabajaba como vigilante de seguridad. Allí no tenían su dirección —subcontratan la seguridad, explicaron—, pero nos dieron el nombre de la empresa contratista. Lorena les llamó y contó lo ocurrido. Puso su mejor voz y decoró todas sus frases con la historia del salvador y la salvada y en un momento dado casi incluso llora. Explicó que quería enviar un ramo de flores a Andoni. Le creyeron. Esto es Gipuzkoa, es muy pequeño, «no hay peligros», «no hay acosadoras», «no hay trampas», «somos un pueblo». Le dieron su dirección.

Calle Enbeltrán número 81, primer piso, puerta A. Allí estamos. La calle es una de las míticas de la Parte Vieja, oscura y húmeda como una anguila. No tenemos que llamar al timbre del portal porque, inesperadamente, un señor mayor va a salir y, no solo eso, sino que nos deja pasar, lo que no es tan habitual. Llevamos una bandeja enorme de pasteles para Andoni y dos sonrisas como dos rodajas de sandía clavadas en la cara. Tenemos que parecer «supermajos», eso dice Lorena, que es rancia como una escoba. «Di que somos novios», me aconseja como última recomendación. «Que vayamos a verle dos primos es... raro. Raro y cutre». Estoy de acuerdo.

Llamamos a la puerta. Lo que ocurre a continuación me descuadra y no sé muy bien cómo trasladarlo a estas líneas. Quiero decir, yo sabía que la situación iba a ser incómoda —nos plantamos en su casa, así de repente, dos desconocidos con una bandeja de pasteles— pero nada más.

Resumo: nos abre la puerta Andoni. Deja solo una rendija abierta, como si tuviera miedo de nosotros, pero enseguida comprendo sus precauciones: está llorando como una magdalena. Nos mira sin vernos. Va desnudo de cintura para arriba y viste un pantalón de chándal Adidas de los que se llevaban hace treinta años. Nos mira sin entender. Se nota que se ha mojado la cara con agua, pero aun así no disimula que ha estado llorando y el rostro le baila flácido y descompuesto en torno a una barbilla hundida.

—Hola... —susurra mi prima en cuanto se recupera de la impresión—. Soy Lorena, el otro día me salvaste la vida.

El hombre la mira fijamente desde la estrecha rendija abierta, pero no hay desagrado en sus ojos, solo está a años luz de nosotros, en otra galaxia donde no comprende las palabras de mi prima.

—La de la aceituna —comenta al fin Lorena, y se lleva las manos al cuello, emulando una asfixia. Andoni retira la cadena y nos abre la puerta. No pregunta qué hacemos allí, cómo conocemos la dirección de su casa.

—Te he traído unos pasteles, te quería agradecer... —dice escuetamente Lorena sin llegar a terminar la frase. Se siente cohibida por la situación y yo también. Andoni coge la bandeja que le entrega Lorena y la lleva hacia la cocina como si fuera un gato muerto. No nos dice nada, así que le seguimos.

La cocina está muy ordenada. Es una estancia perfectamente cuadrada, con una mesa redonda en la mitad cubierta con un mantelito blanco de encaje y una pequeña fuente de fruta en el centro. El fregadero y la encimera están impecables. Huele bien. Todo es pulcro y agradable, y no lo esperaba.

—Gracias —dice él al fin, mientras coloca la bandeja en una esquina de la encimera.

—No se merecen —susurra Lorena—. ¿Te encuentras bien? No parece que hayamos llegado en buen momento.

—No, no estoy muy bien. Pero lo estaré, lo estaré... —Andoni deja caer los hombros y se apoya en la encimera. Parece un oso herido. Un oso triste y herido, y siento una profunda compasión por ese hombre ya adulto sumergido en alguna pena como un niño.

—¿Qué te pasa? —le pregunto. Lorena y yo estamos frente a él, a unos dos metros, apoyados en la mesita redonda.

Andoni se lleva las manos a la cara. Tiene las uñas muy sucias, negras, el pelo grasiento pese a que se nota que se lo ha mojado. Suda, tiembla, y chapotea en una especie de punto de inflexión del que no parece que pueda remontar.

—Yo necesito llegar —nos cuenta con voz temblorosa—. Y estoy llegando, estoy llegando. Con mucho esfuerzo. Lo hago todo, todo, y casi estoy llegando.

—¿Adónde estás llegando? —pregunta Lorena con cierta brusquedad. Le rozo con el codo disimuladamente para recordarle que no sea tan ella, sino una versión rebajada de sí misma.

—A *mi* lugar, a *el lugar* —responde Andoni, que no parece ofendido.

—¿Pues qué bien, no? Estás a punto de llegar, solo debes perseverar —le digo para animarle. Parezco un tutor gilipollas.

Andoni tarda un poco antes de contestar.

—Pero no es fácil, no; no lo es. Las cosas especiales cuestan y hay que hacer sacrificios para conseguirlas; sacrificios que duelen, que duelen mucho. Lo bueno no es barato, nunca lo es. O casi nunca lo es. No está al alcance de cualquiera, y cuesta mucho, cuesta.

Se da la vuelta, abre un armarito y busca un vaso. Lo rellena en el grifo y empieza a beber, pero no puede tragar y escupe el agua en el fregadero. No nos ofrece nada a nosotros.

—¿Qué es lo que cuesta tanto? —no sé qué más puedo decir, no sé de qué estamos hablando... Pero él me mira por primera vez a los ojos. Y veo que no me lo quiere decir, que no quiere compartir su secreto.

Lorena está nerviosa. Hay algo raro, extraño, jugando a las cartas en el aire de la cocina. «El diablo ha pasado por aquí», hubiera dicho mi abuela. Estamos en silencio y de pronto vemos que la fuente de la fruta se ilumina y se apaga. Es una luz que viene de la calle y se está colando por las ventanas de la cocina. De repente suena el timbre y Andoni deja el vaso sobre la encimera con una lentitud exasperante y se acerca hasta el telefonillo que está junto a la puerta de entrada. Lo oímos todo claramente desde la cocina.

«Ertzaintza. Abre».

Andoni pulsa el botón para dejarles pasar. Se da la vuelta y nos mira desde la oscuridad del recibidor.

—Mi madre se ha tenido que ir, no me ha quedado otro remedio—nos dice—. Ella no me dejaba llegar, no entendía, pero era lo mejor para mí y ahora sí lo sabe. Ahora sí entiende, porque en la luz todo se entiende. La policía no entenderá.

Miro sus uñas y de repente entiendo: no es mugre, es sangre, un vigilante de seguridad no lleva las uñas negras. Se acaba de lavar. Nos quedamos petrificados, pero me sorprende lo rapidísimo que recordamos que somos periodistas. Nos ponemos alerta, clavamos los detalles en nuestra cabeza, sacamos fotos de todo con los teléfonos móviles. Y pasamos la tarde en la comisaría.

La madre de Andoni, María Eugenia Etxebeste, de 79 años, yacía muerta en la habitación contigua a la cocina en la que charlábamos con su hijo Andoni. Las primeras hipótesis apuntan a que la mujer estaba tumbada en la cama echando la siesta cuando Andoni la apuñaló con el cuchillo que utilizaban para cortar la verdura. Después, en algún momento, llamó a la policía para confesarlo.

Explicamos a los agentes el motivo de nuestra visita. No mencionamos a *la mantis*. Hay muchos testigos que pueden corroborar que lo que contamos es cierto, desde el dueño de la pastelería donde compramos la bandeja de pasteles, hasta el anciano que nos dejó entrar en el portal o la misma empresa de seguridad que nos facilitó la dirección de Andoni. Así que reproducimos de la mejor manera posible nuestra conversación con él y la policía nos cree, nos graba, nos pregunta y nos deja marchar.

Pero la cosa no acaba ahí. Después de la comisaría llega el turno del periódico. Aún se desconoce el motivo del asesinato de la señora María Eugenia, pero la historia del hombre que mata a su madre apenas dos días después de salvarle la vida a una chica es suficientemente buena para publicarla. De momento, tirarán con eso a lo grande. En la redacción tampoco mencionamos a Erika, ni a Iván, ni a Pablo Martiarena. Por ahora, Andoni Sagasti es solo un loco que ha matado a su madre poco tiempo antes de que le visitáramos para agradecerle que salvara la vida de Lorena. ¿Los motivos de que haya acabado con la vida de su madre? Nadie los sabe.

# 10. ¿SEÑALES QUE AUGURABAN LA TRAGEDIA?

Vuelvo al lugar de los hechos porque necesito entender las extrañas palabras de Andoni Sagasti, que dan vueltas en mi cabeza una y otra vez. ¿Adónde *quería llegar*? ¿Cuál era ese lugar *tan especial*? ¿Por qué era su madre un obstáculo? En la calle Enbeltrán, la noche ha caído de mala manera enganchándose en los balcones y los farolillos de las fachadas como una tela vieja y tupida. Parecen las cuatro de la mañana de una madrugada del siglo XV y no las nueve de una noche del siglo XXI, y aunque apenas han pasado unas horas desde que Lorena y yo hemos abandonado, escoltados por dos agentes de la Ertzaintza, una de las viviendas de aquella calle, me parece que aquello nunca ha ocurrido o, si lo ha hecho, que sucedió hace siglos.

Después de abandonar las instalaciones del Diario Vasco, Lorena se ha ido a tomar algo y «a despejarse» con unas compañeras de la redacción mientras que yo vuelvo a la calle sin ninguna idea fija sobre qué hacer o dejar de hacer. Como un muñeco, como un títere en las manos de un grupo de niños, voy caminando de aquí para allá, sin llegar a ningún sitio, deambulando por calles y plazas y parques envueltos en el tufo helado del invierno. Y, casi sin quererlo, aterrizo en la calle Enbeltrán para comprobar que ya no quedan allí periodistas, que ya no queda nadie más que, seguramente, el fantasma atónito de la señora María Eugenia y yo, un fantasma aburrido de carne y hueso.

Me detengo frente al portal de Andoni, el número 81, el que nos había dado la bienvenida a mi prima y a mí horas antes, los dos con nuestra absurda bandeja de pasteles y nuestra necesidad de «investigar». No sé cuánto tiempo permanezco allí, mirando fijamente el portal como un ladrón de casas, pero al cabo de un rato una señora baja a la calle con una bolsa de basura y se detiene a mirarme, parece que va a decirme algo y calla. La miro. Al final la curiosidad vence.

—Tú eres el chico que estaba en la casa de la Eugenia cuando lo de su hijo, ¿no?

La voz se le descuartiza antes de acabar la frase con un sollozo que no me esperaba en absoluto y que ella enseguida controla.

—Sí, había ido con mi prima a llevar unos pasteles a Andoni.

La mujer sacude la cabeza y se acerca a mí. Percibo su tristeza como lava rodeándome. Lleva una bolsa de basura en la mano, seguramente destinada al contenedor de la calle Narrika.

—Ya la ayudo —le digo inclinándome hacia ella.

—Puedo sola —aparta la bolsa y la deja en el suelo, junto a sus pies—. Esto... Lo de Andoni y su madre... Esto ha sido una cosa que no se puede comprender, que no se puede comprender de ninguna manera —las lágrimas se entrometen en su mirada parda que algún día debió ser de color ámbar—. Terrible. Estas cosas no te las esperas. De otros igual sí, igual sí, ¿pero de Andoni? Nunca. Nunca. Andoni adoraba a su madre. Eran como amigos. Se llevaban fenomenal. ¿A ti qué te dijo él?

—Nada —confieso—, yo no lo conocía casi. Solo que el otro día Andoni le salvó la vida a mi prima, que se había atragantado con una aceituna, y veníamos a agradecérselo y nos hemos encontrado con este asunto.

—¿Lo ves? —la mujer no me agarra del brazo, pero se acerca a mí todo lo que puede —. Le ayudó a tu prima, y es que Andoni era de esos, de los que ayudan, de los que dan, era un pedazo de pan. Yo ya se lo he dicho a la policía, que algo le ha tenido que pasar. Ellos me preguntaban que si Andoni era de los que le daba a la botella, que si tenía deudas o problemas con alguien. Pero ya les he dicho que no, que Andoni no era de esos. Y bueno, claro que le gustaba tomarse unos vinos de vez en cuando, pero nada grave. Y dudo que tuviera enemigos. Andoni era un chico solitario, de pocos amigos, pero bueno, que alguno ya tenía. Espero que los policías me hayan entendido, porque Andoni no era de drogas ni de beber ni cosas de esas. Me habrán entendido, ¿verdad? Yo les he dicho que unos vinos de vez en cuando, como todos los hombres, vaya, nada en especial. Espero que no me hayan entendido mal.

La mujer mira al suelo. Se muerde los labios. Repasa lo que ha dicho y lo que no a la Ertzaintza.

—Pero aquí ha pasado algo, ha pasado algo... —me mira queriendo saber más, anhelando respuestas—. Yo no creo que se le haya ido la cabeza, porque no era violento ni nada. Yo he vivido justo en la puerta de al lado de su madre treinta años, y su salón pega con mi cocina, y estas son casas ya flojas, de las de antes, y te digo que ni un grito les he oído, ni una voz más alta que otra, nunca. Ya se lo he contado a una chica también, a una periodista que ha venido, que en esa casa no había problemas.

—Pero la ha matado, ha asesinado a su madre —me atrevo a decir.

—Eso parece, sí, eso parece. Pero ahí ha pasado algo. Últimamente andaba raro, eso me dijo la Eugenia, que creía que su chico se había enamorado de nuevo o algo así. No sé si sabrás que estuvo mucho tiempo con una mujer que le dejó por otro. Una cosa muy triste.

—¿Y se sabe algo de la nueva novia? —pregunto sinceramente interesado.

—Creo que la Eugenia no sabía quién era; por lo menos a mí no me dijo ningún nombre.

En ese momento se acerca un hombre. No sé de dónde ha salido, pero del portal no; seguramente venga de la calle Mayor, que cae a pocos metros.

—Karmele... —dice por todo saludo. La voz la tiene de luto. Se acerca y le da dos besos a la mujer.

—Vaya mazazo, José Mari —dice ella.

El hombre sacude la cabeza.

—Es una cosa que no te esperas en la vida.

Los dos se quedan en silencio.

—Este chico estaba en su casa cuando ha pasado todo.

La mujer me señala y el hombre me mira atónito.

—Justo cuando se ha cometido el crimen, no, poco después —aclaro—. He ido a casa de Andoni con mi prima para llevarle unos pasteles por un favor que nos hizo y hemos pasado allí un rato, en la cocina. No sabíamos que su madre había fallecido y estaba en la habitación de al lado.

—¿Y estabas ahí sin más con la amá muerta en el cuarto de al lado?

El hombre no da crédito.

—No sospechábamos nada, él se había lavado, estaba bien...

—¿Bien estaba después de matar a la madre?

La incredulidad del tal José Mari pretende engancharme como una guadaña.

—Vamos, que estaba bastante normal —aclaro—. Nos ha abierto la puerta, nos ha dejado pasar a la cocina... Vamos, lo normal.

Intento zanjar el asunto.
—¿Y no os ha dicho nada? —insiste el hombre.
—No, nada. Estaba normal.
Omito lo de que balbuceaba como un psicópata que tenía que «llegar a algún lado» y que era «caro llegar hasta allí».
El hombre me mira aún con insistente desconfianza.
—Pues es raro que estuviera normal... Yo ya le he dicho a la policía lo de las luces, Karmele, ojalá lo hubiera hecho antes —comenta volviéndose a la mujer.
Lo miro sin comprender, pero el hombre me ignora.
—Eso no tiene por qué significar nada, José Mari, no te tortures —la mujer le agarra del brazo—. ¿Cómo íbamos a saber que estaba tan mal de la cabeza?
Se quedan callados.
—¿Qué es eso de las luces? —pregunto con timidez, como un confidente, sin saber si me estoy pasando de la raya. El hombre me mira unos instantes, duda, pero tira la toalla.
—Total, ya lo he hablado con todo el mundo... —concluye—. El caso es que hace unas semanas Andoni empezó a hacer algunas cosas un poco raras. Por la noche encendía las luces de su cuarto cada hora. No bajaba las persianas para dormir, así que yo, que tengo el sueño ligero por un problema de... Bueno, eso no viene al caso ahora. El caso es que yo me despertaba y veía la luz de su habitación encendida. Al principio no le di ninguna importancia, de vez en cuando miraba el reloj y veía que eran las cuatro de la mañana y que estaban las luces de su habitación encendidas, pero después me fui fijando más y vi que había un patrón que se repetía: a cada hora, Andoni encendía las luces diez minutos. Y tenía que ser algo importante, porque Andoni entre semana llegaba del museo a la una y media de la mañana y supongo que para las dos se acostaría. Pero a las tres encendía la luz. Diez minutos exactos y la apagaba y así hasta las cuatro. Entonces,

las volvía a encender otros diez minutos... Era una especie de rutina, aunque una rutina que no puede ser muy buena para la cabeza, eso desde luego.

—¿Y la Eugenia lo sabía? —pregunta Karmele.

—A ella no se lo dije —el hombre baja la cabeza con evidente consternación—. A él sí le comenté algo —se justifica—. Le dije una mañana que me crucé con él aquí mismo, donde estamos ahora nosotros: «¡Andoni! ¿Te quieres convertir en vampiro? ¡Todas las noches con la luz encendida!».

—¿Y qué dijo él? —pregunto yo en voz baja.

—«Las grandes metas se consiguen con pequeños retos, José Mari». Eso me dijo. Todavía no se me ha olvidado. Me pareció una respuesta rara, pero ya sabes, no lo estábamos hablando como estamos ahora nosotros los tres aquí, sino de pasada por la calle, caminando, así que no profundicé más.

—Las grandes metas se consiguen con pequeños retos... —murmuro para mí mismo. Noto que la mujer y el hombre también andan intentando descorchar la frase —no me dice nada—. ¿Se entrenaba para algo? —pregunto.

—Seguramente andaba estudiando algo —aventura la señora Karmele—. Eugenia me dijo que leía mucho últimamente, que andaba concentrado en libros.

—En fin, Andoni tendrá que contarle a la policía lo que pasó, ya nos enteraremos.

José Mari se despide con un apretón de manos hacia mí y un abrazo para la mujer y yo aprovecho para despedirme también. Tengo la cabeza llena de interrogantes que quiero poner sobre la mesa de mi sala junto a una cerveza y un sándwich de pollo. Pero antes debo hacer algo.

# 11. NOCHES TRISTES, TRISTES NOCHES

—Erika no está.

Me quedo en la barra como un pasmarote. El Santa Clara está desierto, la calle está desierta, todo parece un completo desierto al cuadrado, pero yo esperaba que Erika estuviera allí, como una palmera o un oasis en mitad de la nada, y me diera respuestas, alguna respuesta, algo.

—Tengo que hablar con ella, es bastante urgente, ¿dónde puedo encontrarla?

El que supongo que es el dueño del Santa Clara se entretiene tecleando lo que parece un código infinito en el panel de uno de los lavaplatos bajo la barra y parece no escucharme.

—Ni idea —al cabo de un rato alza una mirada de buey muerto—. La han llamado por teléfono y se ha ido pitando a media tarde. Al parecer tenía algún asunto familiar urgente y ha dejado colgada la cocina; menos mal que lo hemos podido arreglar en el último momento y que hoy no es día de mucho curro.

Ese brote de cháchara me da cierto ánimo para continuar.

—¿Y no sabrás dónde puede estar celebrándose esa reunión familiar? —le interrogo.

Me mira como si le hablara un pulpo. Se agarra a las tumbas que asfaltan su estado de ánimo natural y se le vuelven a poner ojos de buey muerto.

—Ni idea, ya te lo he dicho antes: se ha largado y punto.

No hay más que hablar. Pero no me quiero mover, no quiero marcharme con las manos vacías. No esa noche.

—Le ha pasado algo grave a un amigo de Erika —le explico al tipo.

—Ya lo sé, supongo que hablas de lo de Andoni, ¿no? Ya lo sabe todo *lo Viejo*. ¿Quieres algo más?

Fin de la partida.

—Dile que volveré mañana.

Salgo del bar a una calle apaleada por el frío y rendida bajo el sirimiri que ha empezado a echarse sobre ella. No me imagino a Erika en una reunión familiar. En realidad, no me imagino a Erika entre humanos haciendo cosas de humanos como tomar café o cenar una tortilla francesa. Erika bebe de otro mundo, aunque desconozco cuál. Pero, en realidad, no sé nada de ella, solo que tiene dos amigos: Pablo Martiarena y Andoni Sagasti. Uno está desaparecido, el otro, en la cárcel.

Atravieso la Parte Vieja, cruzo el puente del Kursaal y me adentro en el barrio de Gros, que parece un cementerio de edificios abandonados en el que la lluvia silba arriba y abajo como un coro de sirenas góticas. El fin del mundo, otra vez. Aquí siempre es el fin del mundo algún día de la semana. Mi querido mundo desierto, como mi vida desierta. Si pudiera establecer una relación entre Erika e Iván Katz podría presentarme ante el agente Edorta Goenaga con algo un poco más sólido que especulaciones y un puñado cutre de sensaciones. Podría. Pero no tengo nada.

Camino distraídamente junto al mar hasta llegar al comienzo de la avenida de Navarra, la que liga con el monte Ulía, y me detengo en la esmirriada y empinada cuesta de Zemoria. Por allí se sube a la academia de Iván. Me quedo quieto, apoyado en un murete, esperando algo, no sé el qué, tal vez ver bajar a Erika, a Iván, a ambos. Solo se escucha la lluvia, que cae muerta desde nubes tensas de hielo y mar, y que amenaza con convertirse en cualquier momento en nieve. Subo la cuesta unos cuantos metros, por subir. Desde un punto, dejando unos cien metros atrás la casa Pilar Enea, se ve la academia entre los arbustos, como un elefante blanco y chato y vacío de vida escondido detrás de unas palmeras que en Ulía resulta que son matorrales y no palmeras. Allí no parece que haya nadie, al menos a simple vista.

Desando mis pasos y bajo a la calle hasta detenerme en la parroquia del Sagrado Corazón de María, la que mira al mar. Si hay alguien allí arriba, en la academia, deberá bajar en algún momento. Espero bajo el oscuro soportal de piedra. Pasan diez minutos, quince, treinta. El termómetro peregrina hacia los infiernos de hielo y se planta en los cuatro grados bajo cero. Si Erika bajara del monte le haría una foto para enseñársela a Edorta y establecer una relación, alguna relación, entre la academia y ella e Iván. Sigue corriendo el tiempo, me empiezo a sentir débil, por allí no hay un alma y creo que un esbozo de gripe empieza a ganar terreno desde algún punto de mi organismo.

Tiro la toalla, pero no me voy a casa, mi cerveza y mi sándwich de pollo tendrán que esperar. En cambio, camino hasta plantarme en una de las callejas que mueren en Segundo Izpizua, otra de las calles que llegan hasta el mar, no lejos de mi casa ni de la de Iván Katz, a decir verdad. El frío me tiene tan apretado que me duele respirar. La humedad del mar se me pega en la cazadora y escurre por el cuello. Me dirijo casi inconscientemente hacia los escasos diez metros de la calle en los que concurren algunos de los bares de toda la vida, de los que suman sus más de veinte años, donde pienso que puedo encontrarlo. Y así es: allí está. Pero no es Iván, es Silvano, su padre.

Los bares de por aquí tienen su clientela fija, entre la que destaca un buen surtido de prejubilados y jubilados, gente que quizá no soporta la soledad de sus casas y vive como si esto fuera La Havana, siempre entre sus bares, haga sol o llueva, quemando sus pensiones en alegre comunidad en bares que aún no han sido colonizados por los turistas y en los que se sienten como en casa.

Silvano es uno de ellos. El padre de Iván siempre me ha caído bien. Cuando lo conocí, de niño, era un hombre estrafalario y evocador que llamaba mucho la atención y por el que toda mi familia sentía cierta lástima. «Se casó con la guapa y esta le acabó dejando por el hijo», solía decir mi padre. Flora Vergara, su mujer, era entonces una mujer bellísima y muy enérgica de un caserío de Oiartzun recién llegada a la ciudad de la mano de Silvano. La mera idea de que acabaría dando toquecitos en la pared del ascensor cada vez que se subiera o bajara en él, era en aquel momento ridícula.

Actualmente, el padre de Iván Katz forma parte de la fauna local, como la llamo yo. Tiene un aspecto excéntrico, de viejo viajero, y es delgado, siempre está moreno y aún conserva el pelo, una mata castaña tirando a anaranjada que peina hacia atrás. Desde hace años se le suele ver con una vecina de Gros, una mujer cincuentona y anodina de pelo corto y sonrisa algo ebria y cordial, muy fumadora, parte de la fauna local también y antítesis de lo que fue Flora en su día.

No sé qué busco, pero entro en el local.

Silvano está de pie entre la barra y las cuatro viejas mesas de madera. Habla con el camarero sobre un barco mercante que no ha podido atracar en el puerto de Pasaia y que deambula por la Zurriola como un buque fantasma. Yo también lo he visto al volver de la Parte Vieja. Silvano está contando que hace muchos años trabajó un tiempo en uno de esos barcos. Consuelo, su pareja, está sentada en una de las mesas de madera abrillantada agarrada a un vino rosado y le dice que eso sería hace muchos años, que ella no le ha conocido de marinero.

Cuando Silvano me ve entrar se sorprende claramente. Ese bar a esas horas de un día entre semana es como la sala de su casa y yo soy un forastero.

—Qué tal, chaval —me reconoce de sobra, su pareja también, porque levanta la copa a modo de saludo—. ¿Qué haces a estas horas tú por aquí?

—¿No puedes dormir? —interviene su pareja; sus ojos negros achinados y agradables desparasitan cualquier atisbo de sorna de sus palabras, provocándome una sonrisa. Siempre me han gustado las mujeres como Consuelo, las encuentro reconfortantes.

—No, hoy lo de dormir va para más tarde, he tenido un día bastante agitado.

Me acerco a la barra, donde el camarero cambia el canal de la televisión encendida.

—Es el problema de los fotoperiodistas, que nunca descansáis. A mí me hubiera gustado ser periodista, tengo madera.

Buena memoria la de Silvano, porque hace siglos que no hablaba con él y no recordaba si sabía mi profesión.

—Ponme una cerveza —le pido al camarero.

—¿Y qué tal está Iván? —me giro lo más indiferente que puedo hacia Silvano—. Hace siglos que no lo veo.

El padre de Iván me mira. Le sorprende mi pregunta, aunque la he articulado con toda la naturalidad que he podido.

Me apoyo en la barra de madera y echo una ojeada distraída a la tele.

—Pues ahí va, con la academia. Yo le veo muy bien.

—¡Y tan bien! ¡Se está haciendo famoso tu chaval! —interviene Consuelo—. Hace poco El Semanal publicó todo un reportaje solo sobre él a propósito de unos antiguos grafitis suyos que expusieron en un museo de Londres y que fueron un éxito total.

—Esta es la ciudad de las artes —Silvano se dirige hacia mí—. Por ahora nos hemos centrado en la gastronomía, con nuestros restaurantes estrella Michelin, y en la música, con grupos conocidos en toda España; y en la escultura también, claro, con Chillida o con Oteiza como cabezas visibles. Pero la siguiente revolución va a ser la de la pintura urbana, el arte de la calle.

Intuyo que Silvano va a largarme un rollo sobre esta rama artística (no sería la primera vez), pero le escucho porque el hombre tiene esa cualidad de engancharte a cualquier milonga que te quiera contar. Su forma de hablar hipnotiza, la pasión por lo que cuenta te la dispara desde sus ojos azules, tan claros que parecen postizos, y te clavan en el suelo. Sería un comercial excelente.

—¿Y qué tal está tu mujer? —me pregunta Consuelo. La miro. No sabe nada de que se ha largado, aunque ¿por qué habría de saberlo?

—Está bien, como siempre.

—Era una chica muy maja —continúa la mujer. ¿Era? O sea, en el barrio ya saben que me ha dejado—. Dale saludos de mi parte.

—Lo haré.

No me encuentro demasiado bien. En la televisión dos concursantes de Gran Hermano Vip charlan tirados como colillas sobre dos hamacas.

Me despido, dejo la cerveza a medio terminar, salgo del local y bajo caminando por Segundo Izpizua y miro hacia el fondo, hacia el mar. El barco mercante me mira desde la oscuridad. Parece pedir auxilio, pero muy bajito, mientras se columpia sobre las oscuras aguas revueltas; encima, seguramente, de Pablo.

Hora de volver a casa.

# 12. UN ERROR IMPERDONABLE

Entro en mi piso e intento sacudirme los cuatro grados bajo cero que me ha clavado con chinchetas la noche. No sé qué hora será ya, pero hay luz en el salón y me encuentro a Lorena sentada en el suelo, bebiéndose la única cerveza que quedaba en la nevera esta mañana. Pero no es eso lo que más me llama la atención, o no lo único, sino su expresión. Mi prima está inmóvil como una estatua frente a su ordenador, apoyado en la querida mesa francesa de Natalia. Podría caérsele la baba y salírsele los ojos de las cuencas y ni se enteraría.

—Hola, Lore, ¿qué haces?

Dejo el abrigo en el perchero y las llaves y la cartera en la mesita de la entrada mientras miro a mi prima. Qué bien sienta llegar a una casa caldeada cuando te has convertido en una estatua de hielo.

—¡Mikel! —exclama Lorena con verdadera sorpresa. Alucino conque no me haya oído llegar—. ¿Dónde mierdas estabas? ¡Mira lo que he encontrado!

Mi prima gira hacia mí su portátil. Desde donde estoy solo distingo en la pantalla a una chica que sonríe bajo unas letras de color rojo. Me acerco y me siento en el sofá, frente a la mesa.

—Esta es Maitane Martín —me presenta Lorena. Me inclino hacia el ordenador y leo sobre la fotografía de la chica el letrero que reza: DESAPARECIDA EN SAN SEBASTIÁN—. Ella también se ha esfumado. Hace un año. En Donosti. Mírala.

Maitane es una joven morena de pelo corto despeinado y rasgos delicados, mirada dulce y sonrisa indecisa. Rondará los 29 o 30 años.

—¿Y qué? —respondo—. No creo que Pablo y ella sean los únicos desaparecidos en Gipuzkoa, imagino que habrá más.

La verdad es que la chica me suena de algo, pero no quiero darle alas postizas a Lorena.

—Tienes razón, primo, hay más desparecidos. Pero Maitane es la única de ellos que ha dado a *Me gusta* en la página de la academia de pintura de Iván en Facebook.

—¿Cómo dices?

Intento asumir la información esperando a que Lorena empiece a hablar.

—Iván tiene un perfil abierto en Facebook para publicitar su academia. Es una página muy simple, completamente inactiva y con muy pocos seguidores. Pero entre ellos está esta chica, que ha señalado que le gusta la academia, con lo que entiendo que sería una alumna suya.

—Una alumna de Iván desaparecida también —comento para mí mismo.

—Y eso no es todo —Lorena da un trago a la cerveza que yo anhelaba y añade—, el perfil de Maitane Martín es público.

—¿Público?

—Sí, ya sabes, está configurado para que todo el mundo pueda verlo, ¿entiendes? He entrado en él y ¿sabes cuál es el último mensaje que dejó en su muro de Facebook antes de que se la tragara la tierra?

Espero en silencio a que me lo revele.

—*He cometido un error imperdonable* —lee Lorena.

Sigo en silencio.

—*He cometido un error imperdonable*—repite Lorena—. ¿No te parece un mensaje superextraño?

—Sí lo es, sí —admito—. Da la impresión de que estaba metida en algo, ¿no?

—Sí, igualito que Andoni.

Lorena se muerde los labios.

—Y como Pablo... —comento—. ¿Qué más has visto en su Facebook?

—Nada en especial. Maitane es de Donosti, tiene 29 años y, ¡ah! ¡Estudió en Ekintza!

—Ya, ¿y?

Mi prima me mira expectante y no entiendo a dónde quiere llegar.

—¿Tu *ex* no estudió también en ese *cole*? Igual nos puede decir algo de ella.

—Natalia le lleva como diez años, ni la conocerá. Además, no sé dónde está, Lore, ya te lo he dicho.

—¿De verdad que todavía no lo sabes? No te creo. ¿Cómo es posible?

Lorena se lleva fenomenal con todos sus *ex* excepto con el que la dejó por una navarra que se lo llevó tierra adentro a un pueblo en la selva de Irati y del que nunca más se ha sabido. Lorena se pasó varios fines de semana recorriendo sola los pueblos y aldeas más escondidos del territorio vecino, «haciendo turismo local», explicó, pero, en realidad, intentando entender qué clase de magia tenía aquella chica que había arrastrado a su novio lejos de ella. A veces, conocer es comprender y poder pasar página. Pero bueno, excepto aquel, los demás novios han pasado a engrosar las filas de los amigos más queridos.

—Natalia y yo no tenemos hijos, ni perro, ni gato, ni nada

que nos una, ¿por qué iba a decirme dónde vive ahora? —retomo la conversación.

—Porque es raro, y me parece una falta de respeto, ni que le pegaras. ¿Tan mal estaba lo vuestro?

Lorena se apoya contra el sofá y me mira.

—Pues en realidad, no. No para mí, por lo menos. Pero al parecer para ella lo nuestro iba de pena, solo que yo me enteré ya al final.

—Eso es porque ella tenía a alguien. No te ofendas, primo, pero si todo se acaba así de golpe y sin señales es porque ya había escogido otro camino.

Esa posibilidad ya la había barajado yo. En los últimos meses Natalia no era la misma. Pasó de estar contenta y extrañamente ilusionada, a esquiva y pensativa y malhumorada. Pero yo no la veía nunca con nadie. Natalia trabajaba únicamente con otras dos chicas en un almacén en Ibaeta desde donde recibían y suministraban ropa de firmas suecas a algunas tiendas de moda de la ciudad. Aparte, tenía algunas amigas de las de toda la vida a las que hacía siglos que no veía y asistía a las clases de costura del barrio, donde se relacionaba sobre todo con mujeres y con aquella loca de Carmen.

—¿Y no puedes hablar con su hermano o algo así?

Lorena interrumpe mis pensamientos.

—Trabaja en Madrid.

—¿Y qué? ¿No lo tienes en el móvil? Solo tienes que mandarle un whatsapp.

Lorena me mira con esa expresión prepotente de sabionda que tan mal encajo.

—No tenía mucha relación con él, prácticamente ninguna —*niñata* pienso, pero no lo digo.

—¿Y con sus padres?

—Con su padre, querrás decir. Su madre murió hace dos años. Y su padre se fue a vivir con una hermana a Beasain.

No creo que tenga idea de dónde está Natalia y si la tiene no me lo va a contar a mí.

—Pues tu madre dice que tampoco sabe nada de ti. Por cierto, que me ha llamado hoy a mí porque dice que tú no le contestas al móvil. ¿No le has contado nada de lo de Andoni?

—¿Para qué?

—Tío, qué raro eres, de verdad. Pues tus padres vienen el sábado a comer con nosotros. Nos invitan por el cumpleaños de tu madre.

—Pero si es en marzo.

El cansancio del día y el bajón de defensas que he sentido esta noche en la calle empiezan a hacerme mella. Estoy cada vez más hundido en el sofá, los pensamientos circulan por mi cabeza a cámara lenta y creo que me va a costar arrastrarme hasta la cama.

—Por eso, primo. Febrero ya se acaba esta semana. ¿Qué hacemos con Maitane Martín? Tengo la sensación de que tiene algo que ver con Pablo. No solo porque, casi seguro, estudiaba en la academia, sino porque da el perfil, con esa cara de persona debilucha. Pablo también la tenía.

—A mí me parece que tienen caras agradables, no débiles.

—Tienen cara de buena gente, es verdad —coincide Lorena por una vez— y tienen una edad parecida. He visto entre los contactos de Maitane que tiene una hermana. O, bueno, yo creo que lo es, se llama Idoia Martín y se le parece mucho; aunque igual es una prima... Voy a intentar contactar con ella.

—Por intentarlo no perdemos nada. Yo he pensado en buscar a Beñat García, para ver qué me dice de Pablo —recuerdo de repente.

—¿Beñat García? ¿Y ese quién es? —pregunta mi prima.

—Cuando estuvimos en casa de la madre de Pablo, vi en la habitación de él una foto en la que salía posando con Beñat. Beñat y Unai García eran vecinos míos cuando vivíamos en Bera Bera; yo era bastante amigo de Unai, que es de mi quinta. Si Beñat es amigo de Pablo, tal vez pueda decirnos algo.

Me levanto del sofá antes de que el sueño me venza *in situ* y me marcho deseándole las buenas noches a Lorena. Cuando me echo en mi cama pienso que me dormiré al instante, pero me ocurre lo contrario: tardo mucho en caer en el regazo de Morfeo, y cuando lo hago me invaden sueños agitados que me despiertan una y otra vez. Entre ellos, se cuela un buque que deambula por la Zurriola esperando que el mar se calme para entrar en el puerto de Pasaia. En la proa, saludando a las olas negras como el alquitrán, hay una pareja: son Maitane y Pablo. Los dos sonríen y están muertos, pero no lo saben.

# 13. LAS CASTIGADAS

El sol abraza como un amigo al cerezo en flor que se exhibe como la reina del carnaval en el jardín de Saltxipi, un restaurante situado en la ladera del mismo monte que también acoge la academia de Iván Katz, el monte Ulía. Lorena y yo estamos sentados en una pequeña mesita del exterior bebiendo vino blanco mientras esperamos a mis padres. Una bocanada de viento sur lleva dos días barriendo el invierno y la ciudad funciona descalabrada e ilusionada bajo la fiebre de una primavera temprana que tiene toda la pinta de no ser más que un efímero espejismo. Aspiro el aire perfumado como si acabara de salir de la cárcel y el corazón me palpita de mala manera, tropezándose con mis nervios. Que ahora mismo a nuestro alrededor únicamente haya luz y color solo acentúa el tono alquitrán de mis presentimientos.

Mis padres viven en la pequeña ciudad francesa de San Juan de Luz, que en coche estará a unos veinte minutos de San Sebastián. Vienen poco por aquí y, cuando lo hacen, siempre nos citan para comer en este restaurante donostiarra, una villa tradicional vasca a la que se llega en pocos minutos caminando desde mi casa.

—Bebe un poco de vino y relájate, chico —me conmina Lorena con cierta impaciencia.

Yo mismo me doy cuenta de que estoy sentado como un mayordomo victoriano mientras ella echa la cabeza atrás y absorbe el sol como si fuera un batido. Su melena rubia cae en cascada sobre el respaldo de hierro forjado de la silla. La copa de vino blanco que sostiene en sus delgados dedos brilla bajo el sol de marzo como un hermoso maleficio y yo estoy tenso, inquieto, esperándolas venir. Sospecho que, de alguna manera, mi prima y yo estamos en el ojo del huracán. Se lo digo y ella sonríe aburrida.

—Ni de coña —deja la copa sobre la mesa y el vino centellea como cristales Swarovski—. Tú estás así por lo que tienes bloqueado aquí, en algún lado —mi prima se golpea la sien con los nudillos—. Porque, objetivamente hablando, ¿qué ocurre ahora mismo, Mikel? Nada de nada, en realidad. Iván Katz sabe que lo sabemos, eso es lo único que ocurre. Pero ¿y qué más da? También será consciente de que no podemos mover ninguna ficha contra él, de que está a salvo con sus muertos. No nos va a hacer nada, no nos va a pasar nada, te lo digo yo.

Lorena me guiña un ojo. Para la ocasión se ha quitado sus eternos vaqueros ajustados y sus zapatillas de deporte blancas y lleva un vestido azul oscuro y zapatos de tacón. Está impresionante.

—No estoy así por Iván Katz —le aclaro—. Él no me preocupa.

Mi prima bebe su brebaje mágico y eleva las suaves cejas. No me cree.

Lo cierto es que, desde la noche en que vi a Pablo Martiarena en el coche de Iván, un puñado de malas impresiones juega al frontón entre mis costillas. Y no sé exactamente de dónde vienen ni por qué no se disuelven. Ese es el problema. Es muy complicado luchar contra algo que no ves y que no sabes qué ha originado. Tal vez Lorena tenga razón y haya algún asunto que bloqueo inconscientemente. Tal vez se trata de algo que sé sin saberlo. O igual lo que sucede es que no aguanto pensar que ese chico se dirigía al patíbulo delante de mis ojos. Quizá la impotencia por no haber detenido aquel coche o por no haber llamado a la policía de inmediato. Desde que lo vi allí sentado no puedo fijar la vista en los carteles con su cara. A veces una persona solo tiene una posibilidad de seguir viviendo, y tal vez esa posibilidad era la acción que Pablo no obtuvo de mí.

Antes de que Lorena pueda seguir sicoanalizándome veo aparecer a mis padres en la entrada del jardín del restaurante. Han dejado su pequeño Fiat verde en el *parking* del establecimiento, y ya desde donde estoy, a unos veinte metros, veo que mi madre lleva grabada en la cara esa expresión de compasión y de ofensa, una mezcla extrema y carbónica que domina a la perfección y que viene a decir: qué pena que Natalia te haya dejado y te hayas quedado solo y, a la vez: ¿cómo es posible que algo así haya ocurrido? Algo habrás hecho mal.

Y en el fondo la entiendo. Es difícil asumir que a una persona relativamente normal como yo le abandone una persona relativamente normal como Natalia en un momento tan totalmente anormal como lo es tres semanas después de contraer matrimonio. Pero, en realidad, yo llevo tiempo caminando sobre arenas movedizas que no me permiten llegar a ningún lado y Natalia vivía amargada por la banalidad de nuestras vidas insulsas y poco trascendentales. Si lo pienso bien, me doy cuenta de que fuimos una pareja pasada de moda nada más empezar.

Por suerte, hoy Lorena come con nosotros. Mi madre no va a sacar a relucir el tema de mis miserias personales delante de mi prima. Al fin y al cabo, también hay que mantener una imagen dentro de la familia, por muy familia que sea.

—¡Vaya día nos ha salido! —exclama mi madre mientras se sienta en una de las sillas libres junto a nosotros. Mis padres aún fuman, así que están encantados de poder tomar algo en la terraza sin privarse de un cigarrito; el invierno está siendo largo para los fumadores. Tras los pertinentes besos y saludos, mi madre arranca:

—¿Y qué tal estáis, chicos? ¿Alguna novedad? —pregunta encantada de la vida.

Me recuerdo a mí mismo que no saben nada del episodio de Andoni y tampoco han leído los periódicos guipuzcoanos.

—Todo como siempre, amá —sonrío. Alzo la cara al sol. La luz de primeros de marzo parece seda.

—Eso es bueno —dice mi madre—. O supongo.

Ya estamos...

—Me voy a apuntar a pintura —salta de repente Lorena sin venir a cuento—. El otro día Mikel me acompañó a la academia de un vecino vuestro; una academia que está aquí mismo —señala hacia el monte—. ¿Cómo se llamaba tu amigo?

—Iván —responde mi madre antes de que yo pueda abrir la boca—. El niño ese, qué raro era. ¿Te acuerdas? —se dirige a mi padre—. Su madre vive encima de vosotros, en el quinto. O vivía, que lo mismo ya la han metido en un manicomio.

—Vive. Todavía vive ahí —aclaro escuetamente.

—¿Y qué tal está Flora? —pregunta mi padre, que hasta el momento ha permanecido en silencio disfrutando del Chardonnay que le ha pedido a una camarera.

Mi madre dibuja su cara de póker. La madre de Iván ahora es una mujer enorme con facciones severas y mirada vacía, muy parecida a un moái de la Isla de Pascua, pero en su día debió de ser una mujer que llamaba mucho la atención. «Una belleza», como decía mi padre.

—Era una belleza —recuerda mi padre en sintonía con

mis recuerdos—. Una mujer fuera de serie. Qué pena que perdiera la cabeza, ¿verdad, Maite?

Mi madre pasea la mirada por el jardín del Saltxipi.

—Era una mujer muy rara —comenta al fin—. Sería una *belleza* y lo que vosotros digáis, pero no había por dónde cogerla. Ni una amiga tenía la pobre. Era muy *xomorra*.

—Pues ahí sigue —añado yo—. Bastante rara, la verdad. Sigue haciendo lo de los toquecitos en la pared del ascensor cada vez que sale, ¿te acuerdas, ama?

Mi madre pone los ojos en blanco y mi padre exhala una feliz y elegante bocanada de humo.

—¿Tendrá miedo de que alguien la ataque si se sube con ella al ascensor? —la ironía de mi madre casi corta el vino—. A ti te tenía manía, ¿te acuerdas, Mikel? Pero no era nada personal —le aclara a Lorena—. Aquella mujer tenía manía a cualquier niño que se acercara al suyo, tenía miedo de que se metieran con él, su chico era especial al parecer, mejor que los otros, y pensaba que mi hijo podía hacerle daño o qué sé yo. Un día mandé a Mikel a su casa a pedirle hielos, porque teníamos una comida en casa y se me estropeó el congelador, y el pobre hijo mío volvió asustadísimo.

—¿Y eso? —pregunta Lorena sonriendo con malicia. Ella ya piensa que soy un poco mierda, así que la historia le encanta.

—Pues mira, chica, nunca se lo pude sonsacar.

Mi madre me sonríe con cariño.

—¿Qué te hizo?

Mi prima se inclina hacia mí como si fuera un niño de cinco años. Yo encojo los hombros.

—No lo recuerdo.

Y es verdad.

—¿Lo bloqueaste también? —pregunta Lorena.

Mi madre me mira inquisitivamente, sin comprender.

—¿Bloquear el qué? ¿Bloqueas cosas? —me pregunta con fingida indiferencia y una amabilidad tan tensa que parece un alambre.

—Bloqueo muchas cosas —respondo— como las ganas de comerme dos barras de pan diarias, que no es poco.

Mi madre se relaja. Como barra y media de pan diariamente, lo que ha sido motivo de discusión constante a lo largo de mi vida. Yo miro a Lorena: ya le vale.

El dueño del Saltxipi sale a saludarnos. Hemos sido unos clientes habituales durante años, y siempre se detiene a conversar un rato con nosotros.

Más tarde, cuando nos sentamos en la mesa, en el interior del soleado comedor, Lorena vuelve al ataque.

—¿Y qué hizo Mikel aquella vez que le mandaste a por hielos? ¿Qué hizo cuando Flora le asustó? —le pregunta a mi madre. Claramente, no quiere dejar morir el tema tranquilamente.

—Entró en casa como un rayo, se metió en el baño del fondo y cerró la puerta. Me costó un montón que saliera. Era muy pequeño, tendría unos ocho años. A saber qué le pasó en la casa de esa, algo le diría Flora... Que la mujer sería muy guapa —mi madre mira intencionadamente a mi padre, que hace como que no la ve — pero era una casera seca y mala. De todas maneras, es culpa mía, no tenía que haber enviado a Mikel a esa casa porque yo ya sabía que Flora te podía salir por cualquier lado, pero Inma y José Luis, los de la puerta de al lado, estaban de vacaciones. Y los curas, que vivían abajo, tampoco estaban aquel día. ¿Te acuerdas de cómo tenía Flora la casa? —mi madre mira a mi padre, que asiente mientras hojea la carta de vinos—. Era una casa vacía, triste, sin televisión, sin radio... ¿Y las chicas que contrataba para limpiar? —vuelve a mirar a mi padre, que está a años luz de la mesa y la conversación, debatiéndose entre pedir un Riesling o un vino blanco más cercano, de La Rioja o de Burdeos—. Las chicas aquellas que trabajaban en su casa eran como sombras, las trataban fatal. Una vez vimos a una de ellas de rodillas limpiando el descansillo, ¿te acuerdas, Ernesto? Aquella semana les tocaba a los Katz limpiar el descansillo, antes se hacía así, cada semana le tocaba a un vecino limpiar las escaleras y también los descansillos, era una comunidad un poco especial. Pues bien, ellos le encargaron la tarea a la chica, que lo limpió todo de rodillas, como si estuviéramos en el siglo pasado. ¿Qué necesidad tenía de arrastrarse por el suelo habiendo fregonas? Yo salí de casa y le ofrecí una a la pobre chica, y ella me dijo «no, no, no», como muy asustada, y siguió limpiando de rodillas, como una criada. Flora tuvo como tres chicas trabajando en casa y las tres se largaron. Más que empleadas del hogar parecían esclavas, sobre todo la última, Valentina.

En cuanto mi madre la menciona el corazón se me templa de golpe. Recuerdo a aquella mujer, *la india*. No era india, claro, solo la llamábamos así. Era una chica algo bohemia, una tía exótica, muy morena de piel. Nos gustaba a todos los niños de la calle. Tenía el pelo muy largo y oscuro y los ojos rasgados, siempre parecía algo ida, a punto de echarse a llorar o a reír o a volar. Entraba y salía de la casa de los Katz cabizbaja, pero nos miraba, nos miraba siempre con un orgullo sereno y una femineidad que no he vuelto a ver nunca más. La india tenía un cuerpo moreno que se intuía suave y firme. Era extraña, parecía venir de otro mundo y marcó una era de mi infancia. Su novio o su marido, nunca lo supe, era un tipo enjuto con cara de perro apaleado que fumaba como un enfermo en la calle mientras la esperaba apoyado en los polvorientos coches aparcados. Nos miraba con hostilidad porque sabía que todos deseábamos a la india. Cuando la chica se quedó embarazada se marchó de casa de los Katz o la echaron, no lo sabemos.

—¿Cuándo se marchó Silvano de casa? —pregunta Lorena.

—¿El padre de Iván? Cuando el chico tendría unos 14 años o por ahí. No aguantó más —mi madre pincha varias hojas de ensalada con su tenedor—. En realidad, el pobre hombre pintaba muy poco en su propia casa. A Silvano y Flora les costó mucho tener hijos, eso se decía, y cuando por fin nació Iván, Flora se volcó totalmente en el niño. Silvano empezó a estorbar en aquella casa. Después, ya de mayor, el chico se metió en problemas de bebidas y drogas. Se juntó con malas compañías porque no había hecho buenos amigos en el barrio ni en el cole, y eso es por culpa de la madre, que lo tenía demasiado protegido, y luego estaba más solo que solo y le dio por ahí.

—¿Y Silvano? —insiste Lorena.

Acaban de dejar sobre la mesa unas gambas de Huelva y unas croquetas de txangurro que llaman la atención de todos.

—Primero se fue a vivir a la academia que ahora lleva el hijo. Era una casa que había construido el abuelo de Iván. Después ya no sé dónde se fue, si a la finca que tienen en el interior de Gipuzkoa o a un piso de aquí, del mismo barrio.

—En realidad no toda la culpa fue de Flora —interviene mi padre, que finalmente se ha decantado por un vino alemán—. Silvano también era un tío muy raro que nunca terminó de adaptarse del todo a vivir en familia y en comunidad.

Pienso en las tildes aventureras del rostro del padre de Iván, en los detalles siempre misteriosos de sus ropas, en su rocambolesca forma de hablar.

—¿Y eso por qué? —pregunta Lorena mientras descuartiza una gamba de mala manera.

—Silvano se pasó toda la juventud de un lado a otro. Su padre, Hans, era de otra pasta, un hombre de negocios que consiguió prosperar en San Sebastián, compró la casa donde vive ahora Flora, otra más en Gros, que seguro que es donde está ahora Silvano y la academia de Ulía. Pero Silvano anduvo de aquí para allá, en la India, en Argentina, en Italia, en Brasil... Cuando volvió a San Sebastián, a la muerte de su padre, conoció a Flora y se asentó. Pero, en realidad, no del todo —mi padre prueba el vino que le acaban de servir y asiente, encantado—. Nunca consiguió un trabajo más o menos duradero. Le gustaba pintar, y eso lo habrá heredado Iván, y hacía buenos retratos. De hecho, retrató a muchos vecinos y consiguió cierto renombre por aquí, pero en realidad no le gustaba demasiado trabajar. Por suerte para él, su padre le había dejado bien protegido con una buena herencia. Si no hubiera conocido a Flora, estoy seguro de que Silvano se habría marchado de aquí. La Flora de entonces no tenía nada que ver con la de ahora —le aclara a Lorena—. Era toda una señora bien puesta, muy de su casa, pero bien criada, como se decía entonces. Pero en realidad era la antítesis de Silvano.

—Seguramente eso le atrajo de ella después de conocer a tantas hippies de la época —interviene mi madre—. En Gros decían que, antes de conocer a Flora, cada verano Silvano aparecía por San Sebastián con una chica más estrambótica que la anterior, ¿te acuerdas?

Mi padre asiente.

—Y siempre se acababan yendo de aquí... Parecían todas almas libres, hippies de manual, pero al final la que parecía más serena y aterrizada fue la que acabó perdiendo la cabeza. Nunca se sabe cómo acabará alguien... Las apariencias engañan.

—¿Flora acabó perdiendo la cabeza? —pregunta Lorena, aunque ya sabe que así es.

—Cuando su hijo empezó a andar mal, ella se hundió en la desesperación —aclara mi madre—. Iván pasó muchos años rehabilitándose y cayendo, cayendo y rehabilitándose. Ahora se ha reformado definitivamente, o eso parece. Y Flora debería estar contenta de que su historia ha acabado bien al final, pero la realidad es que el cerebro le ha hecho *crack* y ya no consigue darle la vuelta. Pobre mujer.

# 14. LA CUEVA DE FLORA

—Tienes que intentar recordar, Mikel. A mí me da que lo que viste en aquella casa cuando eras pequeño es importante; es más, tengo la sensación de que ocurría algo en casa de Iván y que tú, de alguna manera, fuiste testigo de ello. Lo que pasa, yo creo, es que te falta valor para encarar las cosas y las eliminas así: ¡zas!, y al vertedero de tu mente. Y eso no puede ser.

Lorena da un sorbo a su *gin-tonic*, bastante cargado a tenor de su mirada brillante y su discurso apasionado e insultante.

Estamos a unos metros de Saltxipi, en uno de los bares de la plaza del Txofre, tomando una copa de verano antes de que el invierno salga de su escondite, lo que ocurrirá casi seguro antes de que el reloj marque las doce. Mis padres van de camino a su *maisson*e de San Juan de Luz y nosotros nos hemos acercado a una de las terrazas de este pequeño parque del barrio, que en realidad no parece un parque, sino un gran patio entre edificios anclado en un diseño arquitectónico de los ochenta, con una plazoleta oscura que aspira a ser algo más y en la que el calor fugaz como el que ha hecho hoy consigue quedar preso como si hubiera caído en un circo.

—No creo que lo que yo viera en aquella casa o dejara de ver sea importante, Lore, solo era un crío impresionable y ya está. Además, ¿importante para qué?

Bebo un sorbo de mi copa mientras miro a dos niños pequeños lanzarse con sus patines hacia la plaza. En la mesa de al lado un tío fuma un cigarrillo de liar acompañado por su *doberman*, que descansa con la enorme cabeza apoyada en sus patas delanteras y nos observa aburrido.

—Importante para el caso de Pablo Martiarena —sentencia Lorena. Ella lo tiene claro.

—Para el caso de Pablo Martiarena —repito. Intento sonar irónico, disimular que mi mente echa humo tratando de recordar, tratando de llegar a aquel día de hace más de treinta años, a aquella casa, a aquel agosto en el que parecía que mis padres celebraban cenas y comidas todas las semanas y en el que los Katz parecían más cercanos que nunca.

Recuerdo la frente sudorosa de Iván aquellos anocheceres de verano en la calle, su pelo rubio adherido en su nuca y en las sienes, el vestido verde de rayas negras que solía ponerse su madre y sus ojos azul oscuro, siempre temerosos y fieros como el perfil de la costa vasca; y los colgantes exóticos de Silvano, que parecía un pirata, un tipo raro pero inusual y amigable. Pero no recuerdo mucho más. Bebo de mi copa, un *gin* con limón suave y salado que sabe a roca y a tarde perdida.

—No encuentro que Flora tenga mucho que ver con Pablo Martiarena y Andoni Sagasti —le digo a Lorena—. En realidad, Flora es ya casi una momia, una mujer que se quedó anclada en su pasado. No se relaciona con nadie, ni siquiera con su hijo.

—Pero es la madre del asesino —defiende Lorena—. Algo tiene que saber. Mira, Mikel, yo no sé si es importante que recuerdes, pero dos personas de la misma familia, Pablo y Flora, te han generado un conflicto. Está claro que ahí, en esa casa, en esa familia, ha ocurrido algo y tú has sido testigo en parte —Lorena se tropieza en varias frases, pero parece decidida a no soltar el tema—. Porque, a ver, ¿por qué se fue el padre?

Otra vez con lo mismo.

—Ya te lo han dicho mis padres, Lore. Silvano era un vividor con la cabeza llena de pájaros que se casó de milagro. Y si a eso le sumas que su mujer pasaba de él y que su hijo era un *gualtrapa* y un yonki, tienes el cóctel perfecto. Y, además: algunos padres se van, algunos maridos y mujeres desaparecen. Flora prestaba demasiada atención a su hijo. Silvano era un pájaro loco y el último mono de su casa. Pero, aparte, Lorena, aunque intente recordar, que lo intento, no llego a nada. Además, ya te lo he dicho: los niños son muy impresionables, igual solo ocurrió que el pasillo era más oscuro que en mi casa, y sugestionado ya como lo estaba, porque Flora imponía, me cagué de miedo.

—Eso lo recordarías.

Lorena es inflexible.

—Bueno, ¿y qué quieres que haga? ¿Que vaya a que me hipnotice un mago?

—Para nada —Lorena apura su copa. Los hielos chocan como canicas contra su boca y su nariz—. Quiero que vuelvas, que volvamos a la casa de Flora con cualquier excusa y entremos allí y veamos qué ocurre.

Guardo silencio. Bebo. A Lorena se le va la olla.

—¿Ahora, así, medio pedos?

—La mejor manera en la que podemos ir... —canturrea ella—. Si no, no iríamos.

Y, en realidad, es verdad. Envalentonado tras un trago largo, estúpido y frío, me levanto. Dejo un billete en la mesa y Lorena y yo nos encaminamos con paso firme hacia la salida del parque. Vamos a entrar en casa de Flora y a hacer una regresión a mi infancia, sí señor.

Atravesamos el parque al que, a esas horas, a media tarde, empiezan a llegar parejas con niños, familias felices con pinta de haberlo logrado, de haberse salvado de la perdición. De golpe entiendo una vez más por qué Natalia me ha dejado. Ella solo quería lo que era lo normal, que era exactamente lo que yo no podía darle o, al menos, no durante mucho tiempo seguido. Los fantasmas que se liquidan al llegar a la frontera de los 30 años yo los tengo todos aún pegando tiros por las esquinas. Sigo conservando más potencia que control, lo que normalmente desborda mis propósitos de caminar un pie delante de otro con las riendas sujetas firmes.

Un grupo de familias con todos sus trastos para niños se cruzan con nosotros y camino entre los que antes reconocía como piratas, alcohólicos sociales, funambulistas, ideólogos y artistas que han doblegado a sus monstruos y ahora son señores que conservan alguna muesca del pasado, reflejos que se evaporan cada día y desaparecen. Sé que le han ganado la batalla a su lado oscuro y que a veces se despiertan de noche asustados, soñando que una parte de sí mismos ha vuelto y ha destrozado algo que aman del presente, temerosos de volver a ser quienes eran. Yo sin embargo sigo chapoteando en los charcos de colores, que no son ya de colores, sino puro barro.

Pero camino con mi prima y aprieto los dientes y estoy dispuesto a saber qué había en aquella casa que hizo que, a mis ocho años, saliera corriendo y mi madre aún se acuerde.

Y ahí estamos, frente a la puerta. Hemos subido por las escaleras hasta el descansillo que la india fregaba de rodillas hace treinta años. Llamamos y Flora no nos abre. No al principio. Volvemos a llamar y esperamos. El descansillo es un cuadrilátero blanco y negro donde la luz del sol se vuelve esquiva, doméstica y roñosa. Sabemos que está en casa. Intuimos que está en casa. Tarda. Lorena y yo nos sentamos en la escalera como dos críos. No tenemos qué hacer ni a dónde ir. Seguramente Flora mira por la mirilla y se da cuenta de que no vamos a marcharnos, porque finalmente nos abre la puerta. Se nos queda mirando en silencio con sus ojos azules, fríos, noruegos y turcos, helados.

Me levanto *ipso facto*.

—Buenas tardes, Flora, soy Mikel, el vecino de abajo, ¿tiene una fuga de agua en casa? Tenemos una humedad en la cocina y no sabemos de dónde viene.

Percibo un respingo de Lorena a mi lado. El plan era pedirle a Flora azúcar o algo similar, lo de la fuga es una excusa de nueva creación. ¿Pero para qué íbamos a pedirle azúcar? En Gros hay ahora tiendas de paquistanís abiertas a todas horas y la nuestra no es una comunidad que ande prestándose alimentos. En el último momento lo de la fuga de agua me parece un recurso mejor.

Flora no dice nada. Se aparta ligeramente y hace un gesto con la cabeza que podría significar no, no hay una fuga de agua, o, pasad, pero no me gustáis así que rapidito. Avanzamos lentamente a su lado.

Y el impacto me llega enseguida. La casa está exactamente igual que hace treinta años. No se ha pintado la pared, no se ha cambiado el suelo, no se han añadido detalles. En la entrada un espejo ajado y abombado, el mismo que recuerdo, nos refleja al pasar. Lorena me diría más tarde que parece la casa de *La novia cadáver*. No me gustan los olores de los hogares de los demás, siento pudor hacia ellos, y la de Flora conserva el olor dulzón que recuerdo de niño, y eso es como una patada en el estómago.

Los trinos del periquito enjaulado de una vecina de otro edificio se cuelan en el piso y me retrotraen automáticamente al pasado. Antes se escuchaban muchos pájaros por esta calle, toda señora de bien tenía uno y sus cantos rebotaban en los patios de todas las manzanas. Nunca te recordaban a la naturaleza abierta, sino a barrio cerrado. Y en casa de Flora se escuchan como en un mal sueño.

Caminamos por el pasillo que recuerdo perfectamente y vamos hasta la cocina. Todo está en orden, descolorido, triste y apagado. Su cocina se sitúa encima de la nuestra y es allí donde hago el paripé de agacharme y mirar la tubería del grifo, bajo el pequeño fregadero. Digo que todo está correcto y que el agua vendrá de otro lado. Flora se mantiene al margen, sin mirarnos directamente. Cuando salimos de la casa, nos sigue. Caminamos por el pasillo hacia la salida y, más que ver, siento a mi izquierda la habitación. En aquellos tiempos, era una salita donde Iván pasaba el tiempo con sus juguetes. Fue allí donde vi algo que me asustó. Antes de que tenga tiempo en fijarme bien en aquella sala, Flora empieza a golpear con los nudillos en la pared; está detrás nuestro, a escasos centímetros, y reconozco sus toquecitos rutinarios, más agudos e impacientes que otras veces, lo que me desconcierta, me asusta, me desequilibra. Flora está apoyada en la pared del pasillo y nos mira con los mismos ojos muertos que tiene su hijo. Salgo de la casa acompañado de Lorena mascullando un 'gracias y hasta pronto'.

—Estás muy blanco. ¿Has recordado algo? —me pregunta Lorena en cuanto empezamos a bajar las escaleras hacia mi casa. Los dos tenemos el aire de la garganta secuestrado por una emoción oscura que nos une al piso de Flora. Los toquecitos de la anciana resuenan aún en el edificio.

—No.

Niego con la cabeza y veo la decepción en el rostro de mi prima.

—Tal vez ahora mismo no recuerdes nada, pero puede que sí lo hagas más adelante —añade esperanzada ella.

—Igual, quién sabe.

No le digo que sí he recordado algo. En realidad, he recordado más que algo. Pero no estoy preparado para compartirlo con ella. Ni conmigo mismo, en realidad.

# 15. COLMILLOS PARA MORDER LA GLORIA

Agradezco estar en el ayuntamiento. Agradezco estar trabajando. Son las diez de la mañana y los demás periodistas están *de lunes*, pero yo me siento profundamente aliviado de poder desconectar de mis propias miserias. Ayer por la noche, justo antes de que me desplomara sobre la cama como un ladrillo, me llamaron del periódico para encargarme varias fotos. Debía cubrir cinco ruedas de prensa seguidas en el consistorio donostiarra, de diez de la mañana a una. El fotógrafo encargado habitualmente de este tipo de actos no podía hacerlo por coincidirle la cobertura con la celebración del congreso anual de Sevatur, la feria de vacaciones, en el palacio de congresos del Kursaal donostiarra, así que me llaman a mí.

Me gusta la actividad. Me gusta estar rodeado de profesionales. Soy consciente de que es lo único que me puede mantener a salvo de mí mismo cuando me vienen mal dadas. Y ahora mismo necesito mantener en mínimos la locura relativa al caso Pablo Martiarena. Pero no podré hacerlo. Ni siquiera esta mañana de trabajo. Lo cuento:

En uno de los descansos entre una rueda de prensa y otra se me acerca Alberto Farré, fotógrafo de la agencia EFE.

Antes solíamos coincidir bastante, en aquella época en que me tocaba cubrir los eventos relativos a la sección de política y nos veíamos en cada manifestación de la izquierda *abertzale*, que durante una época se celebraban sábado sí, sábado también.

—Mikel, tío, que ya me enterado que estabas en casa de Andoni cuando lo de su madre. Muy buena la foto de él esposado.

Hace alrededor de dos años que Alberto y yo no coincidimos y no recibo ni un 'hola, qué tal', pero Alberto es así.

—Ya ves... Uno trabaja hasta cuando no quiere trabajar. ¿Conoces a Andoni?

Me ha parecido que habla de él con cierta familiaridad...

—Sí. De vista. Andoni es del barrio de toda la vida.

Alberto vive en la calle San Jerónimo, muy cerca del bar Irla Txikia, donde encontramos a Erika la primera noche de caza, y de la calle Enbeltrán, donde vivía Andoni junto a su madre.

—Estamos todos los vecinos alucinados con esta historia, no se habla de otra cosa en la calle—añade Alberto—. Eugenia era una vecina de toda la vida, la conocía todo el mundo. A Andoni también. Hubo unos años que se le veía menos por *lo viejo* porque tuvo una novia y vivía con ella en Andoain o por esa zona, pero en los últimos tiempos había vuelto a casa de la madre. Y parecía que se llevaban de maravilla, ha sido algo de locos que sucediera una cosa así.

Alberto y yo estamos frente a la máquina de café que hay en uno de los antiguos y estrechos descansillos del ayuntamiento. Los demás periodistas deambulan entre la sala de prensa y el pasillo que da a las salas de los grupos municipales. Aún falta media hora para la siguiente rueda de prensa.

—Lorena y yo nos quedamos por Enbeltrán para intentar saber qué estaba pasando en esa casa antes del asesinato, pero todo el mundo me ha dicho lo mismo —le cuento a

Alberto—, que Andoni y su madre se llevaban muy bien y que algo se le habría descuadrado en la cabeza porque el tío era muy buena gente, un vecino integrado que siempre saludaba y tal. Ya sabes, lo de siempre. ¿Pero de verdad era así? ¿O es lo típico que se dice por decir?

Alberto bebe en silencio de su pequeño y humeante vaso de plástico.

—Mira, Andoni era un tipo de lo más normal hasta que pasó lo de su novia. Que la tía le abandonara le dejó tocado. En el barrio dicen que iban a casarse, además que les había tocado una casa de protección en una zona cojonuda, bueno, le había tocado a ella, pero que poco tiempo antes de la boda ella lo dejó. Andoni pasó una época muy baja, pero después empezó a levantar cabeza y a estar mejor. Debió de conocer a una chica que andaba por aquí, por *lo viejo*. Dicen por ahí que no había nada entre ellos, que eran solo amigos, pero a él le hizo bien.

*Erika.*

—Erika —le digo—. Es una cocinera del Santa Clara.

—¿La conoces?

Alberto me mira con suspicacia y enciendo las alertas: EFE no debe saber nada del caso.

—De vista, solo.

—Solo de vista —repite Alberto para sí mismo. Se le ve pensativo—. Yo a Andoni le veía feliz en los últimos tiempos, casi te diría que mejor que nunca, aunque hay quien no se fiaba del todo de esa chica, ya sabes cómo es la gente.

—¿Y eso por qué?

Alberto tira el vaso de plástico vacío a una papelera ubicada junto a la máquina.

—No se sabe de dónde ha salido, no se le conoce cuadrilla, ya sabes lo pueblerina que puede ser la gente. Y Andoni hizo algunas cosas raras cuando empezó a tratar con ella.

—Pero dices que estaba mejor que nunca...

—Sí, sí, y lo estaba... Pero luego hizo lo de los dientes y...

No entiendo nada, y Alberto se da cuenta.

—Se limó los colmillos y además lo hizo sin anestesia.

Alberto me mira sin parpadear, esperando mi reacción.

—¿Se limó los colmillos?

—Solo un poco, pero es algo raro.

Alberto encoge los hombros.

—¿Y para qué? —le pregunto, sinceramente interesado.

—Nadie lo sabe. Pero debió de dolerle...

—*Para llegar hay que sufrir*.

Recuerdo en alto las frases de Andoni la tarde del suceso.

—¿Quién dice eso?

Alberto me mira con curiosidad y ha empezado a hablar en voz baja.

—Él lo decía el día que mató a su madre. Lo hemos publicado.

—¿Para llegar adónde? —pregunta Alberto.

Me encojo de hombros.

—A saber... ¿Y qué tiene que ver que se lime los colmillos con la cocinera que había conocido? —recuerdo la mención a Erika y a que Andoni había empezado a hacer cosas raras pese a que se le veía más contento desde que la había conocido.

—Nada, en realidad —responde—. Pero es una coincidencia curiosa, sin más... Un tío que no habrá ido al dentista en su vida o por lo menos no más de lo justo y necesario, coge y se lima los dientes cuando conoce a una chica que nadie sabe de dónde ha salido. No sé, suena raro de narices.

Alberto me da una palmada en el brazo y se encamina hacia el salón de prensa. Le sigo. Está a punto de empezar la última comparecencia y los periodistas ya están tomando posiciones.

A la una y cuarto termino de enviar la última foto al periódico. Lo hago desde la misma sala de prensa del Ayuntamiento. Después salgo del consistorio a un mediodía típico de marzo, con luz clara y aire frío y, casi sin quererlo me encamino hacia el Santa Clara. Cuando entro en el establecimiento soy consciente, antes de preguntar por ella, de que Erika no está. Se respira demasiada normalidad, y Erika tiene la capacidad de empañar lo ordinario, de empapar con tildes esdrújulas el aire. Antes de que se lo pregunte, el dueño del establecimiento me lo confirma de malos modos: Erika tiene la mañana libre.

—Dile que le estoy buscando —recuerdo la historia de los colmillos de Andoni—. Que la espero esta noche en el bar Lobo, en la calle Peña y Goñi.

Quiero alejar a Erika de la Parte Vieja y del Santa Clara, atraerla hacia mi terreno.

El tipo no me contesta.

Salgo a la calle y camino hasta un bar cercano con la intención de comer algo. Desde que me reuní con mis padres en Saltxipi no he vuelto a ingerir nada caliente. Me siento en una esquina del primer restaurante que veo, el Beharri, una sidrería en la calle Narrika. Pido un par de raciones casi al azar: ventresca de bonito, *pintxo* de *txuleta* y un botellín de agua. Mientras espero la comida cliqueo en mi móvil la página de Facebook. Allí, en el buscador de la red social, escribo: Beñat García. Él no está en Facebook, pero su hermano Unai, mi vecino de cuando era niño, sí. Le escribo en el mismo muro de su perfil sin pararme a pensarlo demasiado: Unai, soy *Mikel (de Bera Bera), llámame por favor. Mi telefono es el 78930098.*

Antes de que me haya comido la última guindilla que acompañaba a la ventresca, me suena el teléfono. Es Unai. Intercambiamos unas frases de cortesía —son muchos los años pasados desde la última vez que nos vimos— y nos ponemos al día en lo referente a nuestras respectivas familias. Al final, le comento que necesito ver a su hermano Beñat.

¿Para qué? Por un asunto relativo a Pablo Martiarena, le confieso. Unai guarda silencio al otro lado de la línea. *Beñat está tocado con ese asunto*, me dice. *Yo también*, respondo, *era amigo mío*, miento. ¿Era? Quiero decir: *es amigo mío*. ¿Me darías el teléfono móvil de Beñat?

Cuelgo y marco el número que me ha dado Unai. Beñat no me coge. Pero tengo suerte, y antes de terminar el café cortado que he pedido por todo postre me devuelve la llamada y nos citamos para desayunar al día siguiente en el bar Divinum del barrio de Amara, al lado de su trabajo. Allí, hablaremos de Pablo.

# 16. RESTARLE EL ABISMO AL MUNDO

No he visto en mi vida una pantera real, pero por la noche se me cruza la más bella de la jungla y me corta el paso en mitad de la calle lanzándome al estómago el mismo golpe que te lanza la visión de un *rottweiler* desconocido que viene corriendo hacia ti.

No es grande, pero ocupa todo el ancho de la calle Peña y Goñi con su silueta hecha de promesas. Los enormes cubos del Kursaal brillan como cubitos en una copa detrás de ella mientras las calles a la orilla de la playa de la Zurriola se desdibujan grises, cubiertas por el salitre de un mar agitado. Y ella está allí como un fantasma, el de la ópera pero en mujer, pero en gato, pero en sueño y muerte y vidas que has vivido pero que recuerdas solo un poco, cuando la vida está al límite, ahogada bajo miles de grados de calor hechos líquido. Y no sabes por qué ha venido, pero sabes que la pantera no juega a las cartas si no es para ganar y tú formas parte del juego, que es a vida o muerte o no es. Sonríe y parece un ángel y drácula y tú un trozo de salchicha que cae de la trona de un niño que está cenando. Nada. No eres nada más que algo infantil que la pantera quiere y le divierte, y quieres no parecer ridículo, pero sabes que te ve como a un dibujo animado. Estás perdido, pero con la esperanza de no parecerlo. Qué quieres de mí, Erika.

—Me han dicho que me estabas buscando.

Un vaquero a la entrada de una tasca no lo hubiera dicho tan bien. Se me acerca como si fuera una chica normal de veintitantos que pasea por los bares de Peña y Goñi como otra cualquiera, y no un vampiro con varios siglos de vida atados a su nuca estrecha y blanca. Es lunes, pero la noche crepita como una hoguera en la antigua calle de primeros de siglo pasado que se ha vestido de adolescente en los últimos años abriendo sin cesar bares nuevos de diseño cargados de luces y brillos.

—Sí, quería hablar contigo.

Lucho por parecer un hombre y no un monigote. No sonrías, no titubees, no te conviertes en un ovillo para el felino. Haz que esta cría te respete.

—Pues hablemos.

Erika se acerca y me coge del brazo como si fuera una ancianita, solo que su brazo es fuerte, o pesa, se siente como un amarre. Caminamos hacia el paseo de la Zurriola, donde el mar parece tener un ataque de epilepsia y se empeña en hincarle los dientes y las garras al arenal. Hace frío y el viento nos hace un escrache contra un escaparate de la calle. Por allí no se puede caminar ya.

—Vamos a tomar algo —le digo casi gritando a la masa de rizos que envuelve a la chica—. A donde no sople el viento.

Entramos en el Puerto Rojo, que es el primer bar con que nos topamos, una taberna náutica, espaciosa y oscura, donde el silencio nos envuelve como una manta. Nos sentamos en una mesa de madera, al fondo, y Erika se quita su capa, que es un abrigo berenjena que huele a lugares lejanos. Los ojos le brillan como mojitos en la playa. Por un momento me quedo mirándola, sin ser capaz de retener sus rasgos o comprenderlos, como suele ocurrir con los rostros que son muy bellos.

—Voy a pedir algo, ¿qué quieres?

No me quiero alejar de ella, pero entiendo que es lo que debo hacer.

—Lo que tomes tú, me da lo mismo —dice ella.

Camino hacia la barra y siento un vacío del tamaño de un cráter cuando abandono el círculo en el que se expande la energía de altísimo voltaje de Erika. De repente suena la música en el bar, la música que no oía cuando estaba sentado frente a ella, como si su energía cortara el hilo musical, y el mundo parece un puto desierto lejos de ella, un desierto que la canción de folklore celta no hace sino acentuar. Entiendo a Andoni, lo entiendo. Entiendo a Pablo, lo entiendo. Pero a mí esta gata no va a lanzarme contra las barras de las jaulas donde contengo mis monstruos. A estas alturas lo tiene muy difícil.

—Dos cervezas, por favor.

Vuelvo con la bebida. Sé lo que voy a decirle. Sé lo que voy a preguntarle: qué le ha pasado a Andoni. Qué le ha pasado a Pablo. Qué están haciendo ella e Iván con la gente.

Pero no sabría explicar qué ocurrió después. Recuerdo las sábanas y que Erika sabía. Recuerdo que era tan suave que pensé que me había colado una muñeca y tuve que apretarla para sentir su circulación sanguínea tropezando con mis dedos y el corazón latiéndole. Si no fuera por su calor, un calor que era como un bálsamo amplio y fugaz, si no fuera por eso, pensaría que era mentira. Recuerdo abrazarla y sorprenderme.

Después la oscuridad y la angustia. Desde donde despierto solo recuerdo el bar, el Puerto Rojo. Erika y yo hablamos un rato, eso lo recuerdo. Pero no sobre la investigación, estoy seguro. Tampoco mencionamos a Pablo ni a Iván. Hablamos. Hablamos mucho, pero no sé de qué. No recuerdo nada, solo retengo cierta sensación de éxtasis y de calor.

Cuando salgo de la habitación que supongo que es de Erika veo un cuadro tan grande que podría creer que he despertado en un palacio, si no fuera porque intuyo que me encuentro en un piso. En la pintura un tigre con rasgos egipcios rodeado de lirios me mira sin expresión alguna. Los ojos verdes, como los de Erika. Los bigotes ridículos, folclóricos, largos. Por un momento pienso que es un cuadro de los chinos, pero sé que no es así. Y recuerdo.

Pero de repente Erika está detrás, desnuda, y todo cambia.

—Tú también quieres ser invencible, Mikel —susurra apoyada en el quicio de una puerta que no distingo.

Si alguien me hubiera dicho algo así en otro contexto me habría reído, ni siquiera habría seguido escuchando. No consigo hacerme con el lugar. Ahora estoy en un salón.

—Tú también quieres no tener miedo —continúa—. Sabes que lo que nos han contado es demasiado antiguo, pero demasiado superficial. No es real. Y has visto el abismo muchas veces, como lo vio Iván, como lo vio Pablo y también Andoni. Estás en el abismo, todos lo están. Pero puedes salir, puedes colocarte por encima de él. A Andoni no nos dio tiempo a salvarlo y se lanzó a él antes de que pudiéramos agarrarlo.

—Estoy seguro de que le sacasteis el dinero antes... —digo sin saber muy bien cómo consigo articular las palabras. Tengo el cuerpo embotado, la garganta cerrada, el pulso lento—. Como a Pablo, claro.

Erika ignora mi comentario. Sigue apoyada en el quicio de la puerta y no parece real, sino una diosa suave y brillante en mitad de un espacio anodino.

—Andoni no pasó las pruebas, en el fondo él no quería abandonar el abismo.

—¿Andoni también estuvo aquí? —pregunto. Cuando miro a Erika no puedo fijarme en otra cosa, su magnetismo hace que el entorno desaparezca. Quiero mirar el piso, recabar pruebas, pero sus ojos alargados de pantera secuestran mis intenciones.

—La verdad es paralela y cohabita con nuestra miserable realidad, esta que vemos tú y yo. Solo que hay que aprender a mirar, conseguir las claves para adentrarse en ella y pasar a formar parte de otro estado espiritual.

Hace unas horas yo vi una pantera, pero era una chica, y vi el silencio a su alrededor cuando la música sonaba en aquel bar. Erika no es una chica más. Era un ser medio divino hace unas horas y ahora no sé ya lo que es. Las palabras pronunciadas por ella tienen sentido, tienen completamente sentido y no les encuentro ninguna pega. Pero todo es ridículo y demasiado estrafalario incluso para mí. Siento amargura en la garganta y un vacío en el estómago. Sé que Erika me ha drogado. No sé cómo abandoné el Puerto Rojo ni cómo acabé en esa habitación, en esta casa, que no sé de quién es ni qué es. Pero me llega el graznido de una gaviota no muy lejos. No me puedo alejar de ella. Quiero saber desde dónde me habla, saber cuál es su realidad.

—¿Y cómo se puede llegar a tu mundo? —pregunto. No quiero perder la onda de lo que Erika está contando, aunque a la vez intento poner en orden y dar un hilo lógico a lo que está ocurriendo.

—Las relaciones familiares y sociales que generamos instintivamente, como animales, y no como seres divinos, nos impiden ver y vivir la verdad, nos alejan de nosotros, de la autenticidad que danza alrededor nuestro y que no vemos. Por eso Pablo tuvo que cortar con su madre y sus familiares. Ellos no le dejaban progresar, bucear debajo de lo aprendido, encontrarse y encontrarnos. Ellos le proporcionaban el marco en el que estaba retenido y desde el que no podía explorar, solo ser el Pablo esperable y esperado. Es necesario romper los códigos heredados para dejar funcionar nuestra propia brújula e ir atravesando las capas de pintura que contaminan todo lo que vemos y todo lo que sentimos.

Tengo miles de preguntas que hacerle, pero Erika se acerca y me coge de la mano. De pronto me siento muy débil, algo químico circula por mi sangre y necesito tumbarme. Miro alrededor y me echo sobre lo que supongo que es un sofá, aunque no tiene respaldo. Inesperadamente, Erika se tumba encima de mí.

—¿Te imaginas que solo estás rodeado de conceptos, sin todos los extras que los ocultan y transforman y provocan el vacío que sienten los mortales? Imagínate que solo sientes el olor de la hierba, sin su nacimiento y su muerte, el brillo del sol, la suavidad de las personas cuando les quitas lo que son y dejan de ser. Imagínate que sientes todo junto, todo uno, que vives sorbiendo un batido de vida que ignora las pequeñas cosas que la hacen mundana y terrible y mortal. Cuando envejeces, cuando tu nivel hormonal desciende y empiezas a ver el mundo como es, grotesco, sin alma, ya no queda nada. Pero supón que puedes restarle ese abismo al mundo, que sabes vivir en él sin su maquinaria animal, sin sus procesos humanos. Imagina. No tienes por qué estar luchando todo el rato contigo mismo si tu campo de batalla es otro, y no el de todos, no el lugar común donde se dice lo que está bien y lo que no. No tienes que seguir luchando en una batalla que no es la tuya, Mikel. Los elegidos ya hemos ganado y vivimos en otro campo de acción donde os vemos a los demás vivir y morir luchando por encontrarle el sentido a las cosas.

La habitación da vueltas. Los rizos de Erika me hacen cosquillas en la barbilla. Es templada y suave como un melocotón en una rama en verano. Fugazmente pienso que si se quita de encima moriré de frío. Huele a lilas, aunque nunca las he olido, pero deben de oler como ella. No me deja abrazarla, pero no sé por qué, ya que la tengo sobre mí, y los brazos me caen hacia los lados, pero no percibo hacia dónde, porque desconozco si estoy sobre una cama o sobre una tabla o sobre una tumbona.

Una penumbra con olor a hierbas recorre la estancia. Siento su respiración en el cuello, como una inyección de azúcar. Quiero agarrar a esta chica para hacerla real pero no me deja y en un momento dado recuerdo los ojos oscuros llenos de arabescos de Natalia, que parecían haber atravesado siglos y desiertos y espabilo y me doy cuenta de que tengo que salir de allí. Es cierto que ya no tengo nada y que el abismo es mi medio natural de vida, pero Natalia, Natalia era real, y Lorena es un puto coñazo, pero también es real, y me gustaba la realidad, me gustaba que Natalia fuera Natalia y no una pantera en mitad de la noche y Lorena una prima con mucho carácter y no un sueño de verano con olor a lilas. A Natalia le gustaba la música. Natalia, que no sé dónde está ni con quién. Le gustaba la música.

Me levanto y Erika se desliza a un lado, pero no sé bien dónde cae porque la habitación está llena de una bruma cuyo origen no identifico. Tengo que irme, pero me mareo. Voy a pedirle un teléfono a Erika para verla otro día, necesito saber qué le he contado, pero en otro momento. La miro de reojo sin atreverme a clavar mis ojos en ella. Parece una muñeca de porcelana desnuda abandonada en un rincón y quiero llevármela conmigo, aunque no sé por qué, porque parece más fuerte que yo y que todos.

—¿Bajas conmigo a desayunar? Te invito a un café si es que las diosas elegidas tomáis café.

Quiero saber qué le he contado, qué ha ocurrido. Pero mejor ahora mismo. Los ojos oscuros de Natalia. Recuerda, recuerda, recuerda, agárrate a ellos. Demasiado oscuros para no arrastrar una herencia árabe siglos atrás. Erika no me contesta, se levanta y desaparece en alguna habitación de la casa. Ojalá el puto vaho que se me ha encharcado detrás de los ojos desapareciera.

Me dirijo hasta una puerta por inercia y salgo a un pasillo. Camino todo lo rápido que puedo hasta la puerta del fondo. De repente siento mucha prisa. Antes de llegar a la puerta miro hacia el interior de las dos estancias que dejo a un lado. Siento desconcierto. Ahora sí que tengo que salir de allí. Abro la puerta y tengo suerte: aparezco en un descansillo antiquísimo, de madera blanda y crujiente al mismo tiempo. Bajo por unas escaleras estrechas también de madera que huelen a tiempo y a humedad y aterrizo en una calle claustrofóbica. Allí la madrugada me da un puñetazo. Han pasado siglos desde que entré en ese piso, pero en realidad no han pasado ni 24 horas. Estoy en una calle que al principio, por un segundo, no reconozco. Enseguida la sitúo: es la calle 31 de agosto por detrás, la que da al monte Urgull, la más antigua de la ciudad, la única que se salvó del incendio que arrasó San Sebastián en 1813. Una calle que no tiene portales de entrada, solo ventanas. No he debido salir por donde creía. Estoy muy mareado y miro el reloj: son las 3:15 de la mañana y solo han pasado cuatro horas desde que Erika se me cruzó en la calle Peña y Goñi.

# 17. UN AMIGO OLVIDADO

—¡Mikel!, ¿dónde mierdas estás? —al otro lado de la línea la voz de Lorena chirría entre la preocupación y la rabia—. ¿Por qué no coges el teléfono? ¿De verdad crees que es momento para andar desconectado?

Son las ocho de la mañana y estoy en el barrio de Amara, en la puerta del bar Divinum, esperando a Beñat García, el amigo de Pablo que sonreía junto a él en una de las dos fotografías de su habitación. Después de abandonar esta madrugada el piso de Erika caminé en zigzag hasta mi casa —llegué con los brazos de la cazadora casi rasgados tras ir golpeando las paredes de la ciudad— y me eché un rato en el sofá para levantarme poco después, ducharme y volver a salir a la calle. Serían las siete de la mañana y aún estaba mareado, así que me acerqué hasta la costa en un intento de despejarme y en una hora me pateé todo el paseo de la Zurriola, el Paseo Nuevo y, finalmente, el de la Concha. Después, agotado pero más despierto, me vine a Amara a mi encuentro con Beñat.

—Ahora no puedo hablar, Lore, perdona si te he preocupado. Ayer acabé en casa de *la mantis* y cuando he vuelto a Gros estabas dormida y no he querido despertarte.

Lorena guarda silencio un segundo y arranca con un sinfín atropellado de exclamaciones.

—¿¿¡¡En casa de Erika!!??¿Tú? ¡Pero qué dices! ¿Qué está pasando, Mikel?

Distingo a Beñat a lo lejos, que ha girado hacia la calle donde me encuentro desde la avenida de Madrid.

—Lore, ahora no puedo hablar, luego te llamo sin falta.

—¿Luego? ¡No, no, Mikel! ¡No me cuelgues! Además, tengo los nervios destrozados: no he podido pegar ojo esta noche y Flora se ha pasado las horas haciendo sus putos toquecitos, no sé qué coño le pasa, algo muy loco. ¿Luego cuándo es?

—En una hora, prometido. Tú vas a Bera Bera hoy, ¿no?

Lorena se va a acercar a hablar de nuevo con Begoña Gallardo, la madre de Pablo, para saber si hay novedades en el caso.

—Sí, sí —responde apresuradamente—. ¿Pero cómo que has pasado la noche en casa de la tía esta? ¿Ha pasado algo? ¿Hay alguna novedad?

Dudo sobre si responderle en ese momento, Beñat está casi a mi altura, pero al final me lanzo.

—He visto algo, Lore... En la cocina de Erika. Luego te cuento.

Beñat se ha acercado y me mira preguntándose si yo soy su cita y cuelgo el teléfono antes de que mi prima me retenga con sus preguntas. La corto a media frase sabiendo que pagaré por ello.

—Beñat...

El joven me mira. Rondará los treinta y tiene el mismo pelo rubio oscuro y la misma cara redonda que Pablo. En realidad, lo único que los distingue es que Beñat representa el perfil de un *abertzale* radical estándar de hace quince años, con una camiseta reivindicando el acercamiento de los presos de ETA y un *lauburu* enorme colgando del cuello, de los que ya no se ven. Un estereotipo del que tengo la sensación de que Pablo está a años luz.

Beñat no parece contento de haberse reunido conmigo, y me lo dice en cuanto nos acercamos a la barra y pedimos dos cafés.

—Si lo que buscas es información para tu periódico, entonces tú y yo no tenemos nada de qué hablar.

Saca pecho y remueve de una manera inusualmente elegante su café.

—No estoy aquí por el trabajo —le aclaro—. Tengo un interés personal en el caso de Pablo.

Cojo mi taza de café y me dirijo a una mesa del fondo sin añadir nada más, esperando que Beñat me siga. Tomo asiento en una mesita discreta, al lado de la cocina. Tengo suerte y él se acerca con su café y se sienta frente a mí.

—¿Por qué tienes un interés personal? ¿Eres amigo de Pablo? —me pregunta con evidente desconfianza.

—No exactamente —confieso— pero fui testigo de algo que me hace pensar que Pablo no se encuentra en Chile.

Se hace el silencio y, en contra de cualquier reacción que pudiera esperar de Beñat, de repente empieza a sacudir los hombros. Creo que se está riendo, pero advierto consternado que está llorando. No sé qué hacer. Le doy una palmada en el brazo intentando que se tranquilice.

—Perdona, perdona... —solloza—. Pensaba que era el único que creía que a Pablo le ha pasado algo. Nadie me hace ni puto caso, ni los colegas, ni los *maderos*, ni nadie. Todos prefieren pensar que Pablo está por ahí pasándolo de puta madre, eso es lo más cómodo, convencerse de que está bien y que ya llamará y a otra cosa mariposa.

Beñat se suena como puede con las servilletas de papel del servilletero que hay sobre la mesa y saca el móvil del bolsillo de la cazadora. Sigue sollozando en un silencio aterrador que los demás clientes de la cafetería no descodifican. Aprieta un botón del teléfono y me lo enseña. Leo el nombre de *Pableras* infinidad de veces. Son llamadas realizadas y no contestadas.

—Le he llamado mil veces. Le he escrito otras tres mil. Pero siempre da apagado. Y Pablo nunca tendría el móvil apagado. Pablo nunca dejaría de contestarme, nos conocemos bien. Quienquiera que lo tenga retenido le ha quitado el teléfono móvil.

Retenido... ojalá solo esté retenido, pienso. Un escalofrío me recorre la espina dorsal al pensar en el Cantábrico de hielo que ahora mismo seguramente acuna a su amigo en su lecho de algas.

—¿Y quién puede tenerlo retenido? —le pregunto.

Beñat quiere contestar algo, pero cavila. Me doy cuenta de que ha pensado muchas veces en ello, de que hace cábalas constantemente, de que no lo tiene claro, pero baraja posibilidades.

—Pablo empezó a cambiar hará algunos meses. Conoció a una chica...

—Erika —le interrumpo, y me arrepiento al momento.

Me mira sorprendido.

—Sí, así es. Empezó con esa tía y fue cambiando... Pablo era un tío al que le gustaba salir, socializar, conocía a mucha gente, siempre estaba en la calle, de aquí para allá. Se apuntaba a todo —sonríe con inesperada dulzura.

—¿Era de Bildu, Pablo? —pregunto torpemente y sin saber por qué, tal vez porque la blanca camiseta reivindicativa resplandece sobre el cuerpo apagado de Beñat o tal vez porque no he dormido apenas y tengo el cerebro acelerado.

—¿Cómo? Ah —se da cuenta de que miro la camiseta—. No, no. Pablo no era de los nuestros, por si piensas que puede haber desaparecido víctima de la guerra sucia del Estado o algo así... No. Pablo... Pablo no era de nadie, en realidad.

—¿Ni religioso? —pienso en algún grupo de fanáticos en el que hubiera caído de cabeza.

—Fue a un cole de curas —Beñat encoge los hombros.

—Del Opus —corrijo.

—Pero no era religioso —interviene Beñat—. Nada religioso. Mira, Pablo era de otra pasta, se llevaba bien con todo el mundo, tenía amigos hasta en el infierno... Y ese ha sido el problema, su problema. Cuando no tienes una *cuadrilla* fija, unos amigos de siempre, como yo, como todo el mundo, puedes acabar con gente muy chunga. Y más si eres un tío accesible.

—¿Qué gente? ¿Con gente chunga te refieres a Erika?

—A Erika, que era muy rara, y a los demás, los amigos de Erika. Pablo pasó de andar con un montón de gente de diferentes ambientes a verse solo y exclusivamente con ellos. Lo tenían absorbido, todo lo hacía con ellos, todo lo consultaba con ellos. Hasta empezó a hablar como ellos.

—¿Recuerdas cómo eran? ¿Recuerdas algún nombre?

Bajo un poco la voz porque tres mujeres se han sentado en la mesa de al lado y nos miran de reojo con cierta insistencia.

—Tenían nombres raros, complicados, y no parecían de aquí. De hecho, no parecían de ningún lado. Eran un poco frikis. Estaba Erika, que es la única con un nombre normal, ya que me preguntas por los nombres. Después había otra que se hacía llamar Creta, como la isla. Y otra chica a la que llamaban Minnie, por Minessota creo que me dijo, no te lo pierdas. Y estaba un tal Sandi, o Sammi, o algo así, un chico al que no sé por qué le llamaban de esa manera, con ese nombre de chica. Otro que no recuerdo su nombre, pero igual no se presentó, porque entre ellos se notaba que existían clases, que tenían estratos sociales: había algunos que parecían más importantes que otros, una cosa muy *jarta*. Recuerdo a otra chica también, muy pequeña, con pinta de estar de la azotea, toda llena de abalorios de chatarra, y que no abrió la boca ni cuando le pregunté si estudiaba o trabajaba. Y, por supuesto, luego estaba el jefecillo.

—¿Cómo se llamaba?

—No me lo dijo y me he vuelto loco intentando recordar si alguien lo mencionó. El tío guardaba las distancias, no me quería allí con Pablo; tenía los ojos muy claros y el pelo castaño. Era mayor que los demás, rondaría los cuarenta tacos.

—Iván Katz.

—¿Lo conoces? —Beñat empieza a hacer trizas el sobre del azucarillo.

—Creo que sí, luego te cuento —le invito a seguir.

—Pues bien, lo que a mí me pareció es que todos buscaban la aprobación del tal Iván como niños pequeños, y no hablaban si lo hacía él, casi no se movían si él no lo hacía. Se podría decir que era el líder del grupo.

Me lo esperaba. De alguna manera, nada de lo que relata Beñat me extraña demasiado. Decido lanzarme.

—Beñat, ¿tú crees que se puede llegar a alcanzar una realidad paralela? ¿Te habló Pablo de algo de eso?

—¿Cómo has dicho? —Beñat me mira como si estuviera tarado.

—Alcanzar una realidad paralela. Que si crees que se puede alcanzar otro mundo desde este mismo —repito. Apenas he dormido esta noche, pero creo que consigo expresarme con algo de claridad.

Beñat me mira intensamente, pero sin asombro. Las palabras de Erika resuenan en mi mente, así que continúo hablando.

—Se trataría de conseguir una percepción diferente de la realidad en el sentido más radical de la palabra, hasta el punto de que, por ejemplo, tú vieras este servilletero azul mientras que para mí sería de color rojo.

Beñat medita sobre el tema.

—¿Ver un servilletero que es azul de color rojo? —cavila—. Me parece ir demasiado lejos, la verdad. Si te drogaras tal vez.

—¿Y se drogaba Pablo? —interrumpo.

—No —Beñat es contundente—. Pablo ha fumado porros de tanto en tanto, pero nada más.

—¿Y nunca te habló de conseguir llegar a otra realidad?, ¿a otro estado?

—No, no me suena. De todas maneras, la última vez que nos vimos, que fue alrededor de dos meses antes de que despareciera, nos encontramos por la calle y me dijo algo que me sonó raro. Yo venía de una *bilera* con unos colegas del barrio, de Amara Zaharra, ahora ya no vivo en Bera Bera. Habíamos estado hablando de ocupar el antiguo cine Bellas Artes, el edificio cerrado desde hace ni sé que se levanta en la esquina de la calle Urbieta. Los jóvenes de la zona necesitamos un lugar en el que reunirnos, un *gaztetxe*, hay mucha necesidad de un lugar de ocio y de reunión. Se lo conté y Pablo me dijo algo que me sonó raro: «No dejes que nadie se adueñe de tu alma».

Beñat abandona los cientos de cachitos de papel de la servilleta en el platillo del café.

—¿Y por qué es raro? —pregunto—. Parece que te estaba advirtiendo de que esos movimientos juveniles no suelen estar capitaneados por jóvenes neutrales con un interés común —me arriesgo—. Suele haber un interés político detrás. Por lo menos aquí, en Gipuzkoa.

—Ya, bueno, pero Pablo no solía expresarse con esas palabras, eso es lo que me pareció tan raro. No utilizaba términos como «alma», «que alguien se adueñe», etcétera. Era más... Pablo era más simple, más superficial. Él no hablaba de esa manera. Nunca. Y él no se metía nunca con lo que hacíamos los demás, mantenía las distancias.

Nos quedamos los dos callados, pensando.

—La madre de Pablo me confesó que su hijo se estaba gastando un montón de dinero... —añado finalmente—. ¿Sabes a qué lo podía estar destinando?

—Ni idea...—Beñat se encoge de hombros—. Pablo solía

manejar pasta desde bien pequeño, así que aunque hubiera gastado de más no me habría dado cuenta.

—Ya... ¿Y sabes si había empezado a hacer cosas raras antes de desaparecer? —sigo interrogándole.

—¿Cosas raras? ¿Cosas raras como qué?

—Por ejemplo, limarse los dientes, obligarse a despertar por la noche cada media hora... Cosas así, de ese tipo, fuera de lo común y que impliquen un sacrificio.

Beñat me mira con los ojos como platos y guarda silencio, pensando...

—No... No me suena nada de eso. Pero sí que hubo algo que me llamó la atención un día.

Aguardo expectante, Beñat intenta ordenar en su cabeza lo que va a contar. Finalmente, aparta ligeramente la taza vacía de café y entrelaza las manos sobre la mesa antes de empezar a hablar.

—Me lo encontré en el garaje un día que fui a visitar a mis padres a Bera Bera. Ya sabes que Pablo vive, o vivía, allí con su madre, y la entrada a los garajes de las villas es comunitario. Pues bueno, aquella tarde bajé al garaje para limpiar la moto y me lo encontré descargando el coche. Metía en una caja un montón de productos de limpieza y se lo veía completamente ausente. En ese momento no le pregunté nada, solo empecé a hablar con él de motos y de los nuevos badenes del barrio y me dijo que tenía un mal día, que había tenido que hacer algo muy desagradable que prefería olvidar. Le dije algo así como «¿y eso?», pero no me contestó. Después cogió un bote de disolvente detergente y se echó líquido por los dedos. Me quedé flipando. Él solo dijo que deseaba eliminar cualquier rastro de esa «puta mierda de día». Me pareció todo demasiado raro, un poco siniestro, pero era evidente que Pablo no iba a seguir hablando, se le veía en otro planeta, y no seguí preguntándole.

Cuando salgo del Divinum tras despedirme de Beñat, tengo cuatro llamadas perdidas de Lorena. Le llamo y cuando me contesta me grita que pasa de investigar nada conmigo porque no juego limpio y que «a ver si me creo superior a los demás». Después me dice que pasaba algo raro en casa de Begoña, la madre de Pablo, cuando ha ido a verla.

—¿Cómo algo raro? —le pregunto.

—Espera, que tengo que hacer una cosa —responde—. Te cuelgo y te llamo dentro de una hora, cuando me venga bien, porque tengo los ovarios así de grandes.

Creo que no lo va a hacer, pero Lore me cuelga.

La vuelvo a llamar y no me contesta y decido acercarme a la avenida de Madrid para coger el autobús que va en dirección a Gros. Quiero pasarme por el Puerto Rojo. Miro el reloj: son las diez de la mañana, así que el local donde pasé la noche con Erika tiene que estar ya abierto.

Cuando llego, veo desde la calle que no hay casi nadie en su interior. Entro en el establecimiento y huele a noche y a bebida vertida y eliminada con lejía. Sin la presencia de Erika, el local parece un cuadrado relleno de aire y vacío y de repente la echó profundamente de menos, pero solo por un segundo. Me acerco a la barra, donde el camarero seca jarras de cerveza.

—Hola...

Alza la mirada.

—Hola. ¿Qué te pongo?

—Un café. Pero no venía por eso. Estuve ayer aquí.

—Lo sé —el hombre levanta la vista con una expresión que no sé traducir—. Te he reconocido. ¿Qué tal va la resaca? Tienes buen aspecto para la que te agarraste ayer —me suelta.

—No bebí nada —le confieso sinceramente—. Una cerveza para mí no es nada, quiero decir.

El hombre calla mientras me observa.

—La verdad es que aquí, en este bar, es verdad que no bebiste nada, una cerveza creo que pedisteis, pero igual hay noches en las que todo sienta mal, si lo sabré yo. Desde donde estoy veo de todo. Hubo una noche también que...

—¿Me podrías decir cómo salí de aquí? —le interrumpo. No quiero que me empiece a contar aventuras de la noche. El camarero se pone tenso.

—¿No te acuerdas de cómo te fuiste?

—No —admito.

—Tus amigos te sacaron de aquí —me desvela con un hilo de voz.

—¿Mis amigos? —un escalofrío me recorre la espina dorsal y se me clava en el estómago—. Solo estuve aquí con una chica.

—La de rizos, sí, la recuerdo... Pero después saliste con otro más. Llegaría después, más tarde.

El camarero parece tan consternado como yo. No entiende que no recuerde nada.

—¿Y cómo era?

—¿El otro? No sabría decir...

—¿De mi edad, cuarenta y algo?

—Sí, supongo que sí. ¿Pasa algo?

—Necesitaría que recordaras más, si es posible, porque creo que ayer me drogaron.

El camarero se pone alerta. Me han drogado en su local. La cosa se pone seria.

—El tío era alto, de complexión normal, tenía el pelo castaño creo... Llevaba un plumífero azul. No puedo decirte más, no me fijé mucho.

Estoy seguro de que era Iván. ¿Pero por qué vino? ¿Qué quería? ¿Sonsacarme lo que sé de él? Erika vertió algo en la bebida que anuló mi voluntad, después le llamó y entre los dos me sacaron todo lo que quisieron. Ha tenido que ser eso. No paro de sudar en frío.

—Oye —me dice el camarero— si vas ahora aquí al lado, al ambulatorio, a que te hagan un análisis de sangre, igual todavía tienes tiempo de saber si estabas drogado o no. Pero tienes que darte prisa porque esa mierda desaparece de las venas con mucha rapidez. Y, ahora que lo dices, en realidad no parecías un borracho, sino un zombi. Joder, no sé cómo no me di cuenta...

—Ya veré, sí, gracias —me despido.

—Qué faena... Si necesitas un testigo, me dices.

Cuando salgo a la luz de la calle llamo a Lorena. Esta vez sí me coge. No espera a que empiece a hablar.

—Creo que en casa de la madre de Pablo había alguien —me cuenta acelerada—. Había alguien que no quería que Begoña hablara conmigo. Toqué el timbre y la señora salió del portal y vino hasta la puerta del jardín con cara de circunstancias, echando miradas hacia la casa todo el rato. Nada que ver con la otra vez, ahora estaba alerta y ni siquiera me abrió la puerta del jardín, tuvimos que hablar a través de la verja. Me preguntó qué quería. Le dije que hablar de Pablo, que la policía nos había dicho que su hijo estaba bien, pero que estábamos investigando y que teníamos la certeza de que Ivan Katz estaba detrás de su desaparición. Pero ella no me preguntó quién era Iván Katz, no me preguntó nada. Solo me dijo que no, que su hijo estaba perfectamente, que había hablado con él hacía poco y que podíamos estar tranquilos. Después se fue corriendo. Me asomé todo lo que pude y vi que la cortina de la sala, la que da al jardín, se movía. Creo que Begoña estaba siendo vigilada mientras hablaba conmigo. ¿Cómo ha pasado de jurar que su hijo estaba secuestrado a tener esa actitud? ¿Cómo puede no importarle quién es Iván Katz? ¿Crees que puede estar en peligro? No sé si llamar a la policía... Pero en realidad no tengo nada sólido. Creo que esta tarde voy a volver a su casa, a ver si hay suerte y la encuentro sola.

Intento poner a mi prima al corriente de todo lo que me ha pasado, pero me interrumpe. Está muy nerviosa.

—Luego hablamos, Mikel. Tenemos una cita ahora mismo. ¿Has desayunado?

# 18. EL REY DEL MUNDO

Intuyo lo que Idoia va a contarnos mucho antes de llegar hasta ella. La hermana de Maitane Martín, desaparecida también en San Sebastián, nos lanza una mirada de carbón desde la mesa del fondo de la cafetería de la calle San Martín en la que se ha citado con Lorena. Se le nota a la legua que hace tiempo que solo baila en los salones de la ira y nos espera resignada y estática como un cuervo sobre una veleta, como si llevara toda la vida haciendo lo mismo y esa fuera su ocupación actual: relatar el drama de Maitane a quien quiera escucharla, hacer una bola con la furia en lo que duran uno o dos cafés y devolverla al presente durante ese pequeño tiempo para aterrizar después en la arena de nuevo, pero con menos peso, con más verdad, con algo de justicia.

Maitane es su hermana pequeña. Donostiarra desaparecida a sus 30 tacos, la menor de cuatro hermanos, la muñeca de azúcar, teatro y bohemia de la que no se sabe nada desde hace dos años. Idoia necesita denunciar una y otra vez lo que le ocurrió a su hermana pequeña porque no ha conseguido que su caso tenga demasiada repercusión. Su hermana, al fin y al cabo, era una antisistema que además tenía depresión, que además no tenía amigos ni trabajo conocido, que además a saber si no se ha ido por ahí ella sola a conocer mundo. Se veía venir que acabaría mal y no hay más que hablar.

Lorena ha contactado con Idoia explicándole que somos periodistas y que estamos estudiando las desapariciones misteriosas ocurridas en la ciudad, si es que hay alguna desaparición que no lo sea.

—Gracias por atendernos, Idoia. Este es Mikel, también es periodista —nos presenta mi prima.

La mujer nos estrecha una mano seca como una rama en invierno. Nos sentamos los tres en torno a una mesita de madera oscura y les pregunto qué quieren tomar. Idoia está terminando lo que parece una infusión de frutos del bosque y Lorena pide lo mismo. Las acompaño con un café solo, el tercero del día, pero si atendemos a que he dormido apenas tres horas y, encima, drogado, considero que no me vendrá del todo mal.

—Solo quiero haceros un matiz —comienza a hablar Idoia cuando vuelvo a la mesa—, Maitane solo estuvo desaparecida cuatro días. El martes 17 de abril de 2015 la encontramos muerta, colgada de un árbol en la zona boscosa de Galarreta, no muy lejos del museo Chillida Leku, entre la maleza. Su muerte se entendió como un suicidio y no trascendió a los medios de comunicación.

Esa información nos rompe los esquemas.

—¿Maitane se mató? —pregunta Lorena muy a su manera.

—Sí —Idoia da un sorbo a su infusión y percibo que le cuesta tragar—. La indujeron a hacerlo. Mi hermana había hecho *algo imperdonable* —mastica las palabras con una furia mal disimulada y entrecomilla con los dedos. Recuerdo que eso mismo había escrito Maitane en su Facebook: *he hecho algo imperdonable*.

—¿Qué es eso tan imperdonable que había hecho tu hermana a sus 30 añitos? —pregunto.

Idoia vuelve a beber de su infusión, tan densa en su final que parece sangre, y veo de nuevo que ingiere con dificultad. Tiene las falanges de los dedos blancas como la pared a su espalda.

—Maitane había fallado en la última prueba —deja la taza con una brusquedad que provoca un leve respingo en Lorena y continúa hablando, esta vez en susurros duros como balas—. Había fallado en la última prueba y no iba a poder entrar en el grupo de los escogidos, de los elegidos, de los semidioses. En el grupo que podía «esquivar el abismo de la existencia».

—¿Los elegidos? —repite mi prima. Lorena me mira. Sé que piensa en Andoni. Yo, en cambio, en Erika.

—Eso es, el grupo de los elegidos —repite Idoia con calma.

—¿Exactamente de qué estamos hablando? —pregunto. Aunque ya sé la respuesta.

—Maitane fue captada por una secta de pirados llamada *Los poetas de tierra oculta*. Así se hacen llamar los muy hijos de puta.

—Estás de coña —se le escapa a Lorena.

Idoia la mira con una seriedad espeluznante.

—Perdona —dice mi prima—. Es que el nombre es... es.

—En teoría es un grupo de elegidos que busca la poesía en todo lo que ve hasta el punto de dejar de ver la realidad a secas que vemos todos —interrumpe Idoia—. Y eso es lo que venden a sus seguidores: belleza hasta en la mierda. Si consiguen llegar a ese estado de gracia, se librarían de la parte fea de la vida. Pero la realidad es que son una secta pura y dura: les anulan completamente para sacarles de todo, como todos los demás grupos de fanáticos. Maitane... mi hermana estaba pasando por un mal momento cuando la captaron. Era una niña, una chica, muy sensible, extremadamente sensible. Realmente era diferente a los demás. Ella tenía miedo de la sociedad, no la entendía, no compartía su mirada crítica, sus juicios, su picaresca... Ella nunca llegó a perder la inocencia de la infancia que todos vamos perdiendo con la edad, y siempre me sentí un poco culpable por eso, porque Maitane era la pequeña de cuatro hermanos bastante mayores que ella y la protegimos demasiado, era nuestra niña pequeña y, después, ella creció y no supo hacerse mayor y encajar los reveses de la vida; no supo lidiar con el mundo de los adultos, la realidad le superaba. También es verdad que algo fallaba muy dentro en la mente de Maitane. La depresión la acompañó durante buena parte de su adolescencia y le robaba la constancia y el ánimo... Empezó a estudiar una cosa que le encantaba y lo dejó; cambio a otra que parecía que le gustaba más aún y, entonces, después de unos exámenes sorprendentemente malos, empezó a replantearse su carrera y cayó en una especie de limbo existencial del que no conseguía salir. Se encerró en sí misma. Y se encerró en casa. Una tarde especialmente mala mi madre y yo le insistimos para que saliera de casa, para que se reactivara —llevaba semanas tirada en el sofá viendo series de los noventa—y se fue a regañadientes caminando a una exposición de pintura que había en la Sala Kubo-Kutxa del Kursaal. Allí conoció a un chico, a un artista, a un pintor.

—A Iván —digo.

—A Iván —corrobora— que, como ya sabréis, es un experto en arte y... Bueno, un experto en todo. Iván apareció cuando ella estaba en lo más bajo y fue como un milagro para ella. Empezaron a quedar, Maitane se apuntó a clases de pintura en su academia y prácticamente floreció. Él la colmaba de atenciones, de compresión, de amor, parecía un caballero de hierro, un salvador al más puro estilo Walt Disney, alguien que conoce la parte oscura y ha aprendido a no juzgar a sus monstruos, a no temerlos, a lidiar con lo malo desde una posición privilegiada. Maitane estaba embobada con él y a nosotros no nos parecía mal, porque se la veía mejor. Dejó incluso la medicación y la psicoterapia, decía que ya no las necesitaba... Al principio todo era normal. Bueno, era demasiado intenso, demasiado fantástico. No vimos o no quisimos ver lo raro que era todo en realidad. Iván la llevaba a hacer cosas «fuera de las normas sociales» que tanto detestaba Maitane. Un martes por la mañana de lluvia y viento subían hasta el fuerte de San Marcos, en la punta del monte, para ver los prados arrasados por el temporal; montaban en velero una noche de jueves sin apenas luz...; cenaban en la playa de la isla un lunes por la noche. El caso era romper las rutinas, los ritmos tendenciales de los demás ciudadanos. ¿Por qué no se podían hacer esas cosas cuando uno quería? ¿Por qué cada uno no podía llevar el reloj, el ritmo, que quisiera? ¿Por qué no se podía disfrutar del mundo en todo momento? Maitane estaba obnubilada con tanta tontería. Después Iván le presentó a sus amigos, que también la bombardearon a amor y la arroparon con una comprensión sin límites y con una visión, sinceramente, totalmente infantil del mundo... Pero ella estaba encantada. Hablaba de sus nuevos amigos constantemente: que si hacen esto, que si dicen lo otro, que si vamos a hacer tal cosa. Pero no tardó en empezar a aislarse, a relacionarse solo con ese grupo de *transgresores* que había encontrado la fórmula para estar por encima de la perversa sociedad y sus perversas normas y sus estúpidas rutinas que abocaban a sus habitantes a estados de ansiedad que otras civilizaciones, como los pequeños pueblos del desierto de Atacama, por ejemplo, no tenían. Con el tiempo, relacionarse con personas fuera del grupo estaría visto como una deslealtad. Su vida pasó a ser un «o con ellos o con nosotros». Pasaron de ser unos rebeldes sin causa contra el mundo establecido a convertirse en una especie de comando cerrado que debía protegerse para no contaminarse con la influencia de las demás personas. Y, con el tiempo, Maitane empezó a cambiar sus costumbres sociales, rompió relaciones con las personas que no eran del círculo de Iván y con las que, hasta la fecha, mantenía algún tipo de relación. Temía la desaprobación del grupo, su decepción. Esos antiguos amigos y conocidos eran «simples burgueses, ovejas que pastan junto al abismo y que te arrastran a él», en palabras de Iván. Maitane empezó a hablar mucho del abismo y de salvarse de él. Achacaba a la vida establecida por la sociedad occidental y capitalista su mal estado psíquico, su fracaso en los estudios y en su vida personal. Y pronto empezaron las pruebas.

—¿Las pruebas?

Lorena parece sinceramente consternada con la historia de Idoia.

—Las pruebas para entrar en el grupo definitivamente, para demostrar que era digna de quedarse con los elegidos. Una oveja negra podía contaminar el grupo, así que era muy importante que se demostrara una lealtad absoluta a los principios que defendía el líder para evitar que todos cayeran en la perdición.

—¿Cómo sabes todo esto? —pregunto.

—Desde que murió Maitane no he parado de investigar —responde rápidamente Idoia como si ya esperara esa pregunta—. Tengo la gran suerte de que mi hermana tendía a hacer anotaciones en todos lados, en agendas, en calendarios, en blocs, en la aplicación de Notas de su teléfono móvil... Y, poco a poco, las he ido descifrando y poniendo en orden.

—Sigue, por favor —interviene mi prima—. Habías dicho que los integrantes del grupo debían demostrar lealtad a los principios del líder. ¿Qué cosas hacían?

—Al parecer había algunas demostraciones de lealtad que eran básicas y rutinarias. Por ejemplo, todos los días meditaban juntos al amanecer durante dos horas y se repetían una y otra vez lo que debían creer para trascender de la civilización opresora con la que cohabitaban hacia un estado superior. Era su puesta a punto para encarar el día. Durante esa meditación se procedía además a la lectura de unas escrituras que aún no he conseguido tener en mis manos, una especie de biblia con normas sobre la forma de entender la existencia. Hay cosas curiosas que sí he descubierto como, por ejemplo, que para los elegidos, para *Los poetas de tierra oculta*, un día no tiene 24 horas, sino nueve: tres por la mañana, tres por la noche y tres de madrugada. Ese tiempo está dedicado exclusivamente al grupo y a su líder y a llevar a cabo acciones que beneficien al grupo y a su líder. El resto de las horas forma parte de la nada, y por eso están destinadas a la adoración individual, al trabajo, el descanso y a las drogas. Y digo a las drogas porque estoy segura de que consumen algún tipo de sustancia alucinógena que «les ayuda a abrir las puertas de su mente», las puertas necesarias para modificar la percepción de las cosas. Se trata de trascender de la realidad, hasta el punto de que un miembro del grupo, por ejemplo, al ver un vehículo circulando por la carretera, solo vio la ingeniería y los siglos de minúsculos avances casi invisibles que había llevado a cabo la humanidad para alcanzarla, y no una máquina con ruedas. Paranoias totales. Aún no sé al cien por cien qué se meten: puede que MDMA, cocaína, incluso heroína. O todas. En realidad, creo que hay un poco de todo...

—¿Y las pruebas? —pregunta Lorena.

—Las pruebas —repite Idoia pensativa—. Lo más importante, una vez mostrada la afinidad al grupo con la meditación y la participación diaria en la lectura de las escrituras, son las pruebas, sí, que les permiten demostrar su voluntad de permanecer en el grupo y de alienarse con los demás en adoración al líder, que es quien les arrastrará hacia la nueva dimensión. El líder es el único que les puede llevar a la otra esfera de la realidad. Vistas desde fuera las pruebas son ridículas y su finalidad es evidente: anular completamente el libre albedrío y el yo, y generar un estado de dependencia.

—¿Qué busca el líder? —pregunto.

—Dinero. Sobre todo, dinero.

—¿Las pruebas incluyen despertarte varias veces por la noche? —pregunta mi prima pensando seguramente en Andoni.

Idoia me mira.

—Esa es una de ellas: cada cierto tiempo despertarse para meditar sobre el camino y sobre la *familia*. Se trataría de ganarle la batalla al sueño, al cuerpo, a sus necesidades. Mi hermana escribía en el calendario que colgaba de su habitación: «prueba superada» —Idoia sonríe con lástima—. Pobrecita. Ella pensaba que le iba ganando la batalla a su cuerpo, pero en realidad otros se la estaban ganando a su mente. Pero la del sueño no era la única prueba para ir controlándolos y anulándonos. Había otras, también muy perjudiciales para la salud, como las relativas a la alimentación.

—¿Qué hacían?

Mi prima y yo guardamos total silencio nada más articular las preguntas. Queremos saberlo todo. La ansiedad flota sobre la mesa.

—Cada dos semanas, pasan una semana sin comer absolutamente nada. Solo pueden beber lo que les da el líder de sus propias manos, para lo que tienen que encontrarse con él una vez al día y colocarse en fila. Pero esa es solo una prueba más, hay de todo, lo que se le va ocurriendo al psicópata de su dios —pienso en los colmillos afilados de Andoni—. Se trata de mostrar lealtad, de ir alcanzando el estado de semidioses que les permitirá ser inmunes a la muerte de las cosas. Cada cierto tiempo, creo que cada dos o tres semanas, pero aún no lo sé con seguridad, debían asistir a una «sesión espiritual» en la que se les daban las pautas a seguir. Allí el líder hacía una serie de ejercicios para ir transportándolos a su mundo de poesía mediante «meditación superior», drogas y sexo, con ellas y con ellos, y que le dejaban agotado. Después necesitaba recuperarse en un balneario, generalmente el de Lekeitio, según he podido averiguar. Estas sesiones especiales costaban a cada miembro del grupo entre 300 y 600 euros. Pero las había extras, que eran las de «clase superior», en las que bailaban con flores, sobre todo lirios, se drogaban y meditaban, sesiones que podían durar dos días. Estas llegaban a costar 1.000 euros. Un día Maitane me dijo que necesitaba el dinero para una charla que le ayudaba a mantenerse bien, a no necesitar la medicación para la depresión que le había recetado su psiquiatra. Y parecía que le iba la vida en ello, que sin esa charla se moriría o algo peor. Le dije que ninguna charla podía costar 1.050 euros, esa cantidad me dio, le dije que ese era el coste de un tercio de un máster de un año, que era algo inverosímil, abusivo y exagerado. Pero ella me juraba que no era tanto si se entendía que quien impartía el curso daba parte de su energía, de su alma, que se vaciaba de vida para dársela a ellos, y que eso no se podía pagar con dinero, que cuánto valía una vida. Les comen la cabeza hasta el punto de que los precios les parecen una nimiedad. Consiguen que gente que hasta hacía nada contaba las monedas para todo esté dispuesta a soltar cantidades desorbitadas de dinero con una sonrisa de agradecimiento. Es algo completamente increíble lo que hacen con ellos.

—¿Lo denunciaste?

—Sí, claro que lo denuncié, pero no tenía ninguna prueba, nada. Todo lo que tenía era inconsistente. No sonsaqué información fidedigna, nombres reales y otros datos a Maitane y no descubrí más detalles hasta después de su muerte, cuando tuve acceso a sus objetos personales. No le di el dinero que me pidió para la sesión. La seguí varios días para ver qué hacía, pero su jefe o ella misma debió darse cuenta; en ese tiempo no asistió a ningún sesión. O si lo hizo, no me enteré.

—¿Cuánto dinero les dio Maitane?

—No lo sé a ciencia cierta. Mínimo, unos 8.000 euros. Maitane no trabajaba y al principio empezó a tirar de los ahorros familiares que le habían dado mis padres. Estaba desesperada por ir a todas las reuniones, quería ser invencible, alcanzar una posición privilegiada... Entre los miembros del grupo había competencia para saber quién era más cercano al líder. Sospecho que los que no podían aportar todo el dinero pagaban lo que les faltaba mediante favores sexuales que devolvían la energía al líder. Pero incluso esto no era suficiente. Hay sectas en las que el sexo es uno de los objetivos del líder, pero en esta primaba el dinero y, seguramente, la vanidad, el ego, el saberse admirado.

—¿Cómo sabes lo del sexo?

—Maitane había empezado a tomar pastillas anticonceptivas pese a que no tenía pareja, eso ya me extrañó, pero después, cuando murió y empecé a descifrar sus apuntes, vi que se vanagloriaba cuando fue escogida por el líder, hablaba de haber sido la primera opción en una sesión y detallaba lo que el tipo le había pedido. Todo asqueroso. Pero ella se sentía una diosa, la mujer más afortunada del mundo. Ah, que no me olvide contároslo: una Semana Santa hicieron unas jornadas de convivencia de tres días en una casa rural perdida por Orio y que costaban 2.000 euros. 2.000 euros por cabeza. Calculad que fueron nueve personas a esas convivencias, así que el líder sacó 18.000 euros, además de todas las excentricidades que les pediría en la casa. Una vergüenza. El caso es que, como os contaba, mi hermana fue sacando su propio dinero y después pidiendo prestado hasta que lo consiguió y llegó a su gran meta: el gran día.

Idoia toma aire.

—El gran día —repite Lorena, como si temiera que Idoia no continuara hablando.

—El gran día es como el día de tu boda. El día en el que

mi hermana sellaría la pertenencia al grupo y, por tanto, se fijaría su estatus como elegida. Ese día harían una fiesta y le tatuarían un lirio en el costado. Es la firma de la casa, el sello de pertenencia al grupo; es su todo, lo que les convierte en semidioses. Maitane había sido aplicada, había cumplido a rajatabla con lo que le pedía el grupo y había desembolsado alrededor de 8.000 euros, todo en metálico, para que Hacienda no se entere. Todo iba sobre ruedas. Aquel día mi hermana se preparó a conciencia. Se vistió como si fuera una virgen de los bosques, con una corona de flores secas y un vestido blanco, había que verla, y nos dijo que iba a una fiesta temática. No nos hablaba para que no le contamináramos —todo esto lo supe después— y ella no contaminara después al grupo. Creen en la transferencia de la energía personal. Maitane aún vivía con mis padres porque no tenía medios para hacerlo sola, aunque casi no pasaba tiempo en casa y, cuando lo hacía, se recluía en su habitación. Ella juraba al grupo que vivía en su habitación, que no tenía relación con nadie. Y, bueno, aquel gran día pasó lo que pasó.

Lorena y yo guardamos silencio. Idoia está prácticamente sin aliento y varios brotes rosados le han ido floreciendo en el escote y el cuello mientras habla. Este tema le pone los nervios de punta. Le hago un gesto al camarero y pido tres botellines de agua. La hermana de Maitane continúa hablando.

—Mi opinión es que el líder sabía que no podría sacarle más dinero a mi hermana porque no lo tenía y, al parecer, se había cansado sexualmente de ella. También se había empezado a dar cuenta de que Maitane no era una antisistema desarraigada sin nadie detrás, sino una chica con una familia que podía causarles problemas, así que se la quitaron de encima de la manera más rápida y efectiva posible: provocando que ella se matara.

—¿Cómo fue? —pregunta mi prima con un hilo de voz.

—Después de un bombardeo de amor que duró meses y de conseguir que mi hermana estableciera una relación de dependencia total hacia el grupo, la echaron como a un perro a la calle. En su «gran día» le dijeron que no había superado una prueba, que veían en su alma un pequeño e inquebrantable cerrojo que bloqueaba su inmersión total en el grupo y que podía lastrar a los demás al ensuciar la energía comunitaria que los unía a todos. Eso le dijo el líder: que no la veía al cien por cien implicada con *los poetas* por algo que había *sentido*. Que ella creía que sí estaba lista para dar el siguiente paso pero que, en el fondo, mantenía unas líneas de conciencia en las que el ego y el pasado no habían desaparecido y que eso podía ser un impedimento. Que la habían querido mucho pero que ahora era hora de marcharse.

—¿Le dijeron eso el día de su ceremonia?

—En la misma ceremonia. Según he podido saber, antiguamente los que no podían pagar el precio para permanecer en el grupo o hacían algo que contravenía las normas, eran degradados y castigados y se convertían en sirvientes del líder hasta retomar posiciones. Pero hoy por hoy en la sociedad actual algo así resultaría demasiado sospechoso, así que no les interesaba conservar a mi hermana. Así que, en fin, llegó el día señalado, el día en que mi hermana debía pasar a la última fase para convertirse en un miembro del grupo de pleno derecho. Aquel día se puso su disfraz de hada y se fue a alguna zona donde celebran las ceremonias. No sé exactamente dónde era, pero sí que estaría todo el grupo y que ella iría de la mano de su queridísimo líder, por supuesto. Tomarían algún mejunje, meditarían, bailarían y a saber qué más. Después empezarían a tatuarle a mi hermana el pequeño lirio mecido por la brisa para terminar la fiesta con alguna excentricidad que no he conseguido aún descubrir.

Justo antes de proceder a tatuarle, se realizan una serie de juramentos frente a una pequeña hoguera rodeada de flores.

En ese momento, el líder pregunta, como en las bodas, si alguien tiene algo que objetar. Y aquí llegó la objeción. Alguien denunció que había visto a Maitane con una persona de su pasado en actitud poco defendible. Hay que tener en cuenta que una vez se entra en el grupo, se debe plena fidelidad al líder y no se pueden establecer relaciones de cariño, afecto, sexuales o íntimas con nadie. Esta medida se defiende como la única manera de evitar que personas ajenas al grupo empantanen con su energía la magia y el alma comunitarias. Hay que entender que ellos se ven como una colmena con terminaciones eléctricas, donde lo que hace uno repercute en los demás. Por eso se aíslan.

—¿Y qué pasó? —pregunta mi prima.

—No le tatuaron. Quedó expulsada en su fin de fiesta. Los que le habían brindado su amor sin límites le dieron la espalda de un segundo a otro. Fue lanzada del preparaíso en el que iba a entrar a la vida terrenal, donde estamos los demás mortales esquivando el abismo que tanto miedo le da a esta gente.

—¿Quién era esa otra persona con la que le vieron?

Idoia agacha la cabeza y se aprieta las manos. La angustia borbotea en las venas hinchadas de su frente, su cuello y sus manos.

—Era su exnovio. Un exnovio con el que tuvo una relación muy larga durante su adolescencia y parte de su juventud. Él le había dejado y le había roto el corazón, y yo me puse en contacto con él porque sabía que solo él podía romper el embrujo del líder, solo él podía sacar a Maitane del fango en el que todos la veíamos, espabilarla. Le conté a Íñigo —así se llama él— lo que ocurría, y él se hizo el encontradizo con mi hermana en la calle y se la llevó a tomar un café casi a rastras para hablar con ella. Por esas alturas, yo creo que el grupo ya andaba observando a Maitane, porque sabían que la familia le seguíamos la pista por el tema del dinero, y alguien la vería.

Idoia bebe agua y mira hacia la ventana. Casi no hay gente en la calle San Martín, que hace nada fue una arteria viva de la ciudad y que ahora ve cómo sus locales van echando la persiana uno tras otro, arruinados por el universo de las ventas *online*.

—Ese fue el error imperdonable de Maitane —continúa—, dejar que alguien de su pasado se acercara a ella y contaminara su alma. Dejar que el mundo más allá de la secta embarrara su camino al endiosamiento. Mi hermana no soportó haber sido lanzada del grupo y a la mañana siguiente se fue a ese paraje inhóspito donde la encontramos y se ahorcó con su vestido de ceremonia.

El silencio se esparce por la mesa como un mar negro y triste.

—¿Y la policía?

—No se pudo demostrar nada. Se calcula que hay unas dos mil sectas en España... Esta es especialmente esquiva, todo lo que os cuento lo he ido descubriendo con Dios y ayuda, investigando todos los días, revolviendo todas las pertenencias de mi hermana, revisando todo, pagando a *hackers* que me abrieran sus correos electrónicos. Es una locura, ¿verdad? Una locura...

Todos nos quedamos callados de repente. Siento tanto calor que creo que voy a explotar.

—Maldito Iván... —digo por decir algo, y me suena ridículo.

—Más que Iván, maldito Silvano —murmura Idoia.

Mi prima y yo clavamos nuestras miradas en ella.

—Iván es un captador, el más importante seguramente. Pero el líder es su padre, Silvano Katz. ¿No lo sabíais?

Salimos de la cafetería con la cabeza a punto de estallar y agradezco profundamente que nos despidamos de Idoia y nos internemos en la calle Urbieta con su gentío, su luz y el estruendo saludable de los autobuses de línea haciendo vibrar los cristales de las ventanas de las fachadas. La historia de Maitane ha perforado un socavón del tamaño de un cráter en mi estado de ánimo y la implicación de Silvano, del bueno de Silvano, con sus historias de viajero y sus aires exóticos y libertarios, me ha roto los esquemas. Trato de rescatar todos mis recuerdos con ese hombre para ponerlos sobre la mesa de mi cabeza y ver lo que hasta ahora ni siquiera había intuido. Debemos reconsiderar toda la historia con la nueva información.

Mi prima se detiene en una parada de autobús y me dice que se vuelve a Bera Bera para comprobar qué está ocurriendo en la casa de Begoña. Lorena está pálida y sus ojos azules se han apagado de golpe. Mientras esperamos su autobús le resumo mi encuentro con Beñat García y le cuento como puedo la manera en la que acabé en casa de Erika y lo que vi allí. Cuando llega el número 19, que le llevará al barrio de Begoña Gallardo, me despido de ella y noto una vibración en el bolsillo. Es un mensaje. Me escribe Jacobo Ruiz de Azúa, un redactor de sucesos del periódico. Andoni ha muerto hace dos noches, me cuenta. Le llamo. No saben cómo han llegado hasta ahí, me dice, pero se han encontrado decenas de semillas de cicuta en su estómago. Seguramente las coló el primer día que fue retenido por la policía o se las ha facilitado alguien de alguna manera en un momento posterior. Antes de matarse, Andoni tuvo la ocasión de declarar ante el juez y le explicó que acabó con la vida de su madre porque «no le quedó más remedio». Su madre no entendía que «tenía una única posibilidad de salvarse» y declaró su intención de no ayudarle a costear «su camino hacia la salvación». Sin embargo, para él era el momento más importante de su vida, «más que una boda, más que el nacimiento de un hijo», y que su madre le diera la espalda en un momento crucial para él «rompió los vínculos que los unían». Él la quería, pero «eso no se le hace a un hijo». «Él jamás se lo haría a un hijo si lo tuviera». «Su madre ya no era su madre para él».

Entiendo sin necesidad de darle demasiadas vueltas que a Andoni se le había acabado el dinero para encarar su ceremonia final y su madre se negó a costeársela. Seguramente a Silvano no le interesó que le pagara mediante favores sexuales, así que el camino de Andoni había llegado a su fin.

# 19. QUIÉN ERES, ERIKA

—Edorta, soy Mikel, ¿qué tal tendrías hoy para vernos? Necesito contarte algo. Algo importante.

Silencio al otro lado de la línea. El mar lame con pereza la orilla perfecta de la playa de la Concha. Apoyados en la barandilla del paseo, los turistas franceses se hacen fotos. Estoy a pocos metros del lugar donde hemos conocido hace unos momentos la terrible historia de Maitane Martín. He llamado a mi antiguo compañero *ertzaina* porque creo que el caso es ya demasiado potente y debe estar en manos de la policía con toda la información que hemos ido recabando mi prima y yo.

—Algo sobre qué, ¿qué quieres contarme ahora?

Entiendo que Edorta no esté entusiasmado con mi llamada, pero me extraña el tono tan hostil que emplea para contestarme.

—Sobre el caso de Pablo Martiarena.

Edorta tose al otro lado de la línea. Me parece intuir una risa bajo su tos, algo forzada.

—Yo no tengo ningún problema en que nos veamos, Mikel, pero andamos con muchísimo trabajo y el tema de Pablo

Martiarena es que no hay tema, no hay caso, ¿entiendes? De hecho, él mismo ya se ha puesto en contacto con su familia.

—Ya lo sé —le digo.

—¿Has hablado con ellos?

De repente Edorta parece más interesado en mí.

—Con su madre. Bueno, he intentado hablar con ella, pero no ha sido posible, solo nos ha dicho que ya estaba todo arreglado.

—Ya... Pues eso. Imagino que la señora lo que quiere ahora es olvidar el susto que se ha llevado. Bueno, Mikel, está todo bien, gracias por tu llamada, a ver si nos vemos alguna otra vez en mejores circunstancias.

Esa tos otra vez.

—Edorta —le interrumpo apresuradamente antes de que me cuelgue—. No te llamo para hacerte perder tiempo, lo que tengo que contarte es importante. No te llamaría porque sí, yo también tengo un trabajo y ocupaciones propias. Sé que piensas que soy un *friki* que me estoy metiendo en algo que no me atañe, pero tienes que escuchar lo que tengo que contarte porque te interesa.

Edorta guarda silencio, un silencio interminable.

—¿Estás ahora en San Sebastián? —pregunta finalmente—. Tengo que ir a la oficina de El Antiguo al mediodía.

—¿A la comisaría de la Ertzaintza que está al lado del ambulatorio? —pregunto.

—La misma.

—Estoy por el paseo de La Concha. Te espero en la cafetería que está justo enfrente de la puerta de entrada de vuestra comisaría.

—No, mejor ahí no —interrumpe rápidamente Edorta—. Hay demasiados compañeros tomando café y poca intimidad. Te espero en el Wimbledon, el bar al lado del Tenis. Además, por ahí todavía se podrá aparcar. En media hora nos vemos.

Guardo el móvil, me cierro la cazadora y en veinte minutos estoy en el otro extremo del paseo, el que mira a la bahía de la Concha de costado. Espero fuera del pub, en la entrada, mirando desde el muro de piedra a la isla de Santa Clara. Hace un poco de viento y el mar azul cobalto brilla bajo el sol como en un anuncio de perfume caro. No tardo en percatarme de que el Ford gris que maniobra torpemente a pocos metros de mí es el de Edorta Goenaga. Pensaba que para ser policía había que tener cierta destreza conduciendo. Pensaba.

Edorta baja de su coche con movimientos lentos y me mira con un amago de sonrisa que en realidad no quiere ser nada. No le hace gracia verse conmigo, eso es evidente; he pasado de ser un viejo compañero con una historia curiosa que contarle a ser un estorbo y una pérdida de tiempo. Cuando se acerca a mí me saluda parcamente y me indica que vayamos entrando al establecimiento, muy oscuro en comparación con el día luminoso que se esparce por la terraza vacía. En la barra pedimos dos cafés y en cuanto nos sentamos en uno de los reservados del fondo al que se dirige directamente mi excompañero del colegio sin preguntar, voy al grano.

—Edorta, ¿te acuerdas de Andoni Sagasti, el tipo de la Parte Vieja que mató a su madre?

Edorta se inclina sobre su taza de café como un rinoceronte, asiente y da un sorbo.

—Creo que Andoni estaba metido en algo —Edorta me mira sin emoción alguna—. En una secta —espero alguna reacción, pero mi compañero permanece impasible—. En una secta cuyo nombre es *Los poetas de tierra oculta*, una organización radicada aquí, en el mismo Donosti, y que lidera Silvano Katz, el padre de Iván Katz, el pintor del que te hablé. Andoni era muy amigo de una chica llamada Erika. No sé su apellido ni el papel de esta chica en la secta, pero seguro que tiene alguno. Erika trabaja de cocinera en el restaurante

Santa Clara de la Parte Vieja, cerca del domicilio de Andoni. Andoni debía de estar muy unido a ella y, desde que la conoció, empezó a hacer cosas raras, como pasar las noches en vela, limarse los dientes y cosas así. Pues bien, esa misma Erika había sido antes novia de Pablo Martiarena.

Edorta levanta las cejas. Empieza a prestarme atención.

—Mientras duró su relación, Pablo también sufrió cambios. Dejó de frecuentar a sus amigos, se distanció de su familia, sobre todo de sus primos, con los que estaba muy unido, y empezó a gastar un montón de dinero que nadie sabe a dónde iba a parar. Y luego Pablo desapareció y su familia estaba convencida de que era una desaparición involuntaria —como Edorta no hace amago de ir a hablar, continúo—, pero vosotros, Edorta, no pensabais que era una desaparición de riesgo porque Pablo había enviado un vídeo a su familia en el que aparecía con su nueva novia chilena. En el vídeo, Pablo aseguraba que estaba bien, que estaba en Iquique, en Chile, ¿verdad? Pues bien, el vídeo que Pablo grabó supuestamente desde la cocina de su nueva novia en Chile, en realidad se grabó en San Sebastián, en casa de Erika, en la cocina de la casa de Erika para ser exactos. Pablo no estaba en Chile, estaba aquí mismo, en la Parte Vieja.

Edorta apura su café y lo deja sobre la mesa con evidente enfado.

—¿Cómo sabes eso? ¿Cómo sabes que esa cocina era la de la otra chica esa, la tal Erika?

—He pasado la noche en casa de Erika. Ya te lo contaré más adelante, cómo acabé allí y todo. Pero Pablo no estaba en Chile, tal y como su madre ya os decía. Estaba aquí. No sé dónde, pero aquí. Y yo vi a Pablo en el coche de Iván Katz y sí que era él. Me gustaría darte más datos, pero no sé quién es Erika, es la única pieza del puzle que me baila. Solo sé que tiene alguna relación con lo que les ha pasado a Pablo y a Andoni.

Edorta resopla como un búfalo. Mira a un lado y a otro. Es evidente que está hasta los huevos de mí y con una sincronización maravillosa, me dice:

—Estoy hasta los huevos de ti, Mikel.

Inclina medio cuerpo sobre la mesa y me mira con mala cara.

—Ya lo sé —admito— pero creo que Erika...

—De verdad que estoy hasta los huevos —me corta. Y vuelve a apoyarse en el respaldo, dejando que el aire circule libremente de nuevo.

—Pero Erika...

—No te preocupes por ella, Mikel —me interrumpe—, nosotros sí sabemos quién es Erika y su relación con todo esto.

No entiendo nada y miro los ojos marrones desteñidos por el cansancio de Edorta.

—Erika se llama Erika Katz, y es la hermana de Iván Katz —me explica.

Intento asimilar la información.

—¿Su hermana? —no puede ser...—, hasta donde yo sé, Flora solo tuvo un hijo: Iván. Iván era hijo único. De hecho, era el clásico ejemplar de hijo único.

—Erika no es hija de Flora Vergara, es hija de Silvano Katz. Su madre se llamaba Valentina y trabajaba en la casa familiar como empleada del hogar.

De repente caigo en la cuenta. La india. La hermosa india de ojos claros rasgados que parecía de otro planeta y a la que llamaban Valen. La que fregaba de rodillas. No sé cómo no lo he visto antes...

—Por eso fue todo —murmuro atando cabos.

—¿Fue todo el qué? —pregunta Edorta aplacando su rabia.

—Cuando la india, digo Valentina, se quedó embarazada, la echaron —respondo sin saber ni lo que digo. Tengo a la india delante de los ojos, superponiéndose en un recuerdo y en otro y en otro, con su silueta de maga.

—Ya. Mira, yo ya no puedo decirte más. Y, ahora, Mikel, te voy a pedir una cosa: no te metas más. Déjalo. Nosotros estamos trabajando en este caso y empiezas a molestar, por eso no te he querido citar en la comisaría, porque los ánimos están calientes contigo. No sé qué coño hacías en casa de Andoni cuando el tipo mató a su madre, pero tienes que alejarte de Erika, de Iván y de todas las personas relacionadas con ellos. Hay una investigación en curso y no queremos injerencias que echen a perder todo el trabajo realizado.

—He estado con la hermana de una desaparecida, Idoia Martín, y me ha contado que...

—Conozco de sobra su historia —me interrumpe Edorta—. Conozco muchas historias. Iván ha captado a varias personas del centro de rehabilitación en el que estuvo, personas que estaban perdidas —recuerdo al alumno que pintaba el mar en el exterior de la academia y a la chica de la recepción. Los dos parecían haber salido de un agujero negro—. Y ahora escúchame, Mikel. Erika te está siguiendo, sabe que sabes, y eso es un problema para nosotros porque pueden replegarse, pueden eliminar pruebas, dejar de moverse. Como antiguo compañero tuyo y como policía te pido que te apartes del caso. Por responsabilidad. Márchate unos días de San Sebastián, tómate un descanso. Desaparece, que no te vean, que te olviden.

Edorta ya no es el afable compañero de clase que yo recuerdo, sino acero revestido de kilos de grasa. Asiento.

—Pero yo vi a Pablo Martiarena en ese coche, Edorta.

—Lo sé. Y estamos trabajando en ello. Ahora márchate de la ciudad, por favor.

—He hablado con un amigo de Pablo —prosigo ignorándole—y me ha contado que cuando Pablo empezó a andar con la secta se encontró con él en el garaje y le contó que había tenido que hacer algo muy desagradable. Se lavó las manos, limpió su coche... Igual se están cometiendo crímenes.

—Es posible. Pero también puede que le encomendaran recoger cicuta, algo frecuente. Trajinan con ella. Y ahora, te repito: márchate, Mikel. Estás en medio de una operación policial. Y molestas.

# 20. LA VÍCTIMA EQUIVOCADA

Estamos saliendo del Wimbledom y yo no he terminado de asimilar que Erika es Erika Katz cuando me suena el teléfono móvil. Miro la pantalla: es Lorena. Me despido de Edorta con una mano mientras él camina cansinamente en dirección a su Ford y yo me dirijo casi por inercia en sentido contrario, hacia el final del paseo marítimo, donde la escultura del Peine del Viento de Eduardo Chillida acaricia a un mar que esta mañana luce clásico y marino como la Costa Azul en julio. Necesito despejarme. Necesito aire.

—Mikel, hay algo que no me cuadra con Pablo Martiarena —me dice Lorena al otro lado de la línea—. Le estoy dando vueltas a una idea que necesito contarte en persona.

Lorena no espera a que le pregunte qué quiere y tampoco me pregunta por mi conversación con Edorta. Sus asuntos siempre apisonan todo lo demás.

—Hay algo que no me cuadra del todo en cuanto a Pablo Martiarena —repite al ver que no respondo. Pero yo ya no estoy pendiente de ella. Al final del paseo acabo de ver algo que me descuadra, una figura que provoca que la visión del espléndido mar sea insignificante, una anécdota, un charco frente a una diosa. Es Erika. Así que es verdad que me está siguiendo.

—Ahora no puedo hablar, Lorena.

—Es importante, Mikel. Quedamos a las dos en el Intza, en la Parte Vieja, ¿vale? Comemos algo y te lo cuento.

Asiento, cuelgo el teléfono y me acerco a Erika. Está de pie frente al gigante oxidado de hierro del escultor guipuzcoano. La brisa que siempre anda bailando por allí le enreda la mata de rizos negros que bajo el sol se ven casi castaños. El corazón me va a mil por hora. De repente me alegro tanto de verla que todas las nubes negras que me acompañan aquí y allá se evaporan.

—¿Me estás siguiendo? —le pregunto cuando me acerco a dos metros de ella. La miro y soy completamente consciente de que el corazón me golpea como un tambor. Ni siquiera le pregunto con qué me ha drogado la pasada noche.

Sonríe con la mirada. Tiene los ojos mágicos de la india, ahora me doy cuenta.

—Lo que ocurre es que esta ciudad es muy pequeña —responde.

—No tanto —le digo yo.

Los dos nos miramos y realmente ya no hay nada que me cueste entender. Veo los ojos rasgados y lánguidos de su madre, su cuerpo mágico, suave. Aunque el de Erika es muy pálido y más pequeño y más sinuoso. El sol acaricia las casas del Centro, a lo lejos, y se columpia sobre la isla.

—Te conocí el mismo día que naciste, Erika —le suelto sin saber por qué.

Eso la descuadra completamente. Noto que se repliega, que se pone a la defensiva. Ella está acostumbrada a mantener el control y mis palabras, que no sé por qué he pronunciado, hacen añicos sus esquemas.

—Conocí a tu madre —rectifico—. La llamábamos la india.

Erika ya no es Erika. Es una chica que ha reducido su tamaño, su energía potente y suave. Le paso el brazo sobre los hombros. Me acabo de dar cuenta con una consternación que no puedo describir de que ella no sabe de qué le estoy hablando.

—Mi madre se marchó siendo yo muy pequeña, es imposible que la conocieras —replica con una voz que no es una voz, sino un hilo de seda que desaparece y aparece bajo la luz del sol y que se pierde con la brisa salada.

No se marchó, pienso, pero no se lo digo, no en ese momento.

—Trabajaba en casa de Flora y de Silvano como empleada doméstica. Se llamaba Valentina, Valen. La india para nosotros.

Los ojos verdes de Erika me miran con una sorpresa genuina. No emite ninguna palabra.

—Me tengo que ir —susurra de repente.

—Pensaba que lo sabías —le insisto mientras ella se aleja. He metido la pata hasta el fondo—. ¡Solo quería decirte que la conocí y que te pareces a ella, y que es alucinante que aquella mujer increíble sea tu madre! —le grito como un idiota.

La he jodido pero bien. Y no sé por qué lo he hecho. La he jodido con Erika y la he jodido con Edorta.

Erika se acerca a una bici candada en un poste a pocos metros. Pese a la confusión pura que he visto en sus ojos, camina lentamente, con elegancia y dignidad, y un cariño intenso por ella me recorre por dentro. Pobre Erika. Soy gilipollas. Ella le quita el candado a la bicicleta y desaparece bajo el sol.

No me vuelvo a mirar al mar. Me tiene cansado y no es nada sin ella. Me dirijo como un zombi hasta la parada de taxis de El Antiguo, me siento una mierda, un gilipollas. Le pido a un taxista que me lleve al Boulevard y durante el camino voy escrutando el *bidegorri* que dejamos a la izquierda con la esperanza de distinguir a Erika en esa vieja bici sobre la que ha saltado, pero no la veo. Cuando bajo del taxi ya en el corazón de la ciudad aún son la una y cuarto del mediodía, así que me acerco al bar Bideluze de la calle Garibai para tomar una cerveza. Tengo mucho en lo que pensar.

Recuerdo perfectamente el día en que nació Erika. Lo recordé parcialmente aquel domingo en que Lorena y yo visitamos la casa de Flora con la excusa de la fuga de agua, mientras recorría el pasillo camino de la puerta de salida. Con los días he ido recordando más y más.

Era un día de verano y hacía mucho calor. Unos amigos de Palencia de mis padres habían venido de visita a San Sebastián y mi madre había organizado una comida en casa. A los postres, alguien pidió un pacharán, creo que Alfonso, el palentino, por probar algo típico del norte. No quedaba hielo y mi madre, tras dudarlo un poco, me mandó a casa de los vecinos para que les pidiera algunos cubitos. Mi madre nunca jamás nos enviaba a pedir nada a nadie, eso lo recuerdo bien, no le gustaba aquella costumbre ni tampoco andar haciendo comunidad con los vecinos, pero se ve que aquel día aflojó sus costumbres, hacía realmente mucho calor, y no quiso esperar a que se hicieran nuestros propios cubitos de hielo ni tampoco servir caliente aquel pacharán navarro y denso como gasolina.

Los vecinos de al lado y de abajo estaban de vacaciones, y la lógica hizo que recurriera a la casa de Flora y Silvano, al fin y al cabo, su hijo había empezado a jugar conmigo y los demás niños, y también eran vecinos nuestros. Por aquella época, Flora no era ni tan rara ni tan siniestra, lo empezó a ser después de aquel día, después del nacimiento de Erika.

Aquel mediodía, pulsé el pequeño timbre redondo de la vivienda de los Katz. Sinceramente, no pensé que me fueran a abrir la puerta, no se relacionaban mucho con los demás vecinos. Tardaron muchísimo en hacerlo, pero por aquella época yo no me daba por vencido: si mi madre me había enviado a por hielos, volvería con los hielos. Me parecía de lo más normal esperar y esperar e insistir hasta que me abrieran la puerta. Solo era un niño.

Y fue Iván quien me abrió.

Miro el reloj y son casi las dos. Salgo del Bideluze y me dirijo por la elegante y romántica calle Garibai hacia el bulevar, que resplandece risueño en contraste con mis pensamientos apagados y lentos. Me siento mareado. Cuando llego al restaurante Intza, en la calle Esterlines de la Parte Vieja, Lorena me espera sentada en una de las mesas exteriores que tiene el antiguo local mientras bebe una Coca-Cola. Mi prima parece tensa y acelerada.

—A mí no me cuadra nada, primo —me asalta en cuanto tomo asiento frente a ella. Pido una cerveza a la camarera que se acerca. Yo solo pienso en Erika, no me la saco de la cabeza y no me apetece contarle nada a Lorena, no en este momento.

Me traen la cerveza y bebo un sorbo intentando aplacar mi estado de ánimo. La luz se cuela por el techo de cristal de esa especie de patio exterior recubierto de exuberantes enredaderas en el que nos encontramos, y el juego de luces que se forma sobre la mesa dibuja la silueta de Erika entre mi prima y yo.

—¿Qué es lo que no te cuadra, Lore? —intento ahuyentar mis pensamientos.

—Nada. A ver: Pablo se había ido a Chile, pero resulta que tú lo viste aquí y a la policía le da igual lo que les digas solo porque el chico envió un vídeo a su madre.

—El vídeo lo grabó aquí, en la cocina de Erika.

Mi prima me mira con los ojos como platos, aunque ya le he dado esa información hace poco, mientras esperábamos al autobús de Bera Bera. No ha debido escucharme.

—¡Ves!¡Pablo está aquí! ¡Pero a nadie le importa! Luego me cuentas qué hacías en la cocina de esa chunga siniestra, pero antes escúchame.

—Te escucho —le digo. Pero, en realidad, las luces doradas que se filtran en el patio se han combinado con los sueños ámbar que emanan de la cerveza y estoy pensando en una cúpula, una cúpula de tipo otomano que se alzaba hace mil años en uno de los viejos edificios del centro de Donostia. Recuerdo mirarla de la mano de mi tía abuela, los dos pequeños y lejanos en la calle Urbieta, y aquel tejado redondeado que encajaba soberbio la luz de la mañana y el graznido de las gaviotas estrellándose sobre él; y recuerdo sentir a Erika. Erika, de alguna manera, siempre ha estado en alguna parte de todo lo que miraba. O tal vez solo estoy viajando a algún recuerdo bonito y abrillantado que me aleje del horror.

—Hay cosas que me extrañan, que no me cuadran —el tono de Lorena es exasperado—. ¿Me haces caso, Mikel? ¡No sé dónde estás!

Ahuyento el saludo de las gaviotas y la luz cargada de sal que abrazaba entonces las siluetas elegantes de los edificios de mi infancia. Ahuyento a Erika. Miro a mi prima.

—Te escucho... ¿Qué es lo que te llama tanto la atención de Pablo?

—Él, él mismo. Me llama la atención de Pablo Martiarena el propio Pablo Martiarena.

—¿Y qué tiene de especial?

Sigo bebiendo. La cúpula de mis recuerdos —¿será real?— desaparece y en la pared del fondo se dibujan los ojos de la india, su mirada extraplanetaria trepando por la hiedra.

—Tiene de especial que es un tipo muy corriente.

Miro a mi prima.

—¿Un tipo muy corriente?

¿Y para decirme eso me tiene que citar a comer? Hoy hemos descubierto cómo funcionaba una secta que empujó a una pobre chica a suicidarse, ¿y le llama la atención que Pablo sea un tipo normal?

—Pablo es demasiado corriente —insiste mi prima—.

Mira su amigo Beñat: me has dicho antes que es *superabertzale* y que todos sus amigos eran así, los de su primer colegio.

—Ya. ¿Y qué?

—Que Pablo no lo era. Ni siquiera un poco.

Mi prima bebe de su Coca-Cola, parece más calmada.

—No, él no lo era. De hecho, parece que le advirtió a Beñat que «nadie se adueñara de su alma».

—¿Ves? —exclama Lorena—. Y después fue a un colegio del Opus Dei.

—A Erain, sí, ¿y?

—Que su madre nos dijo que no era nada religioso, que, de hecho, era ateo.

Guardo silencio. Ojalá pudiera despegarme a Erika de dentro, la tengo clavada en el pecho.

—Total —sigue Lorena—, que Pablo va a un colegio donde la religión es el centro nuclear ¿y resulta que es ateo?

—No le calaría.

Encojo los hombros. ¿Qué importancia tiene?

—Eso es, Mikel. No le caló. Sus primeros amigos tampoco le calaron. Y tampoco era surfista, aunque los amigos de la universidad sí lo eran. Y llevaba un peinado pasado de moda. Las tendencias, las ideologías, el ambiente en el que vive y se mueve, a Pablo no le cala.

—¿Adónde quieres llegar, Lore?

—Y después, ya hecho un hombre, no un adolescente imberbe, va Iván y sí que le cala.

Nos quedamos en silencio. Lorena me mira cargada de intención.

—¿Qué quieres decir, Lore?

—Que yo creo que no fue así. Que no le caló. Que ni de coña.

De repente, entiendo lo que me quiere decir. Saco el móvil. Edorta me coge al tercer timbrazo con un tono de voz que viene a mandarme a la mierda.

—Pablo es de los vuestros —le digo.

Edorta guarda silencio.

—Es un *ertzaina* —continúo.

Al fin, pasados unos segundos en los que pienso que me ha cortado la llamada, Edorta contesta:

—Pablo es de los nuestros, Mikel. Pablo es un infiltrado, un topo en la secta de Silvano. Y tú eres un verdadero coñazo. Quiero que guardes lo que te he dicho en una caja fuerte y tires la llave, ni una palabra a tu periódico ni a la prima tuya esa que ha ido esta mañana a casa de la madre de Pablo, que la hemos visto todos, o iremos a por ti con la artillería legal de que disponemos, que no es poca. Ni. Una. Sola. Palabra. Llevamos mucho tiempo trabajando en este caso. Hay muchas personas implicadas, muchas personas en riesgo, más de las que crees, y no lo puedes echar al garete solo porque no tienes nada mejor que hacer.

—¿Podemos vernos? —le pregunto cuando se detiene a respirar.

—No, para qué.

—Tengo algo que contaros.

Tamborileo con los dedos sobre la mesa, al igual que está haciendo Lorena, a la que, de repente, veo perdida en un mundo lejano tarareando lo que parece un eslogan.

—Sobre qué.

—Sobre Flora Vergara.

Recuerdo aquel mediodía de verano de hace treinta años. Sus brazos llenos de sangre. El silencio.

—Ahora no puedo atenderte —me contesta Edorta.

—Por la tarde, a última hora. En el Wimbledom, ¿de acuerdo?

—Te veo a las siete y media allí. Y, Mikel, ni una palabra o habrá consecuencias legales.

# 21. LAS CASTIGADAS

No sé si es la mejor idea, pero tampoco me importa. Termino como puedo un bocadillo de calamares, que se me atasca en la garganta como un trapo —algo que me ocurre a menudo cuando tengo los pensamientos acelerados— y en cuanto mi prima se marcha a regañadientes a trabajar al periódico salgo a buscar a Erika. La Parte Vieja luce medio desierta este anodino mediodía de marzo y solo me cruzo con los primeros turistas de la temporada, que en pantalón corto y sandalias intentan entrar en calor con los ligeros amagos de primavera que se pueden capturar en la franja más soleada de las calles.

Intuyo más o menos de qué calle salí esta madrugada —parece que fue hace siglos— y cuando la encuentro alcanzo enseguida el portal de madera pintada de azul, ajada y seca, que dejé atrás medio drogado. Llamo al único timbre que marca el primer piso, en el que estoy casi seguro vive Erika. Nadie me abre, pero no voy a moverme hasta que vea la puerta abrirse, sé que ella está en casa, casi he sentido su respiración al pulsar el timbre. Un pájaro trina en el monte Urgull, que se alza sobre el edificio de piedra y madera y solo escucho algún ruido de cubertería que se escapa de alguna ventana. Cuando calculo que ya debería escuchar el chasquido de la puerta abriéndose, me sorprende verla aparecer entre las sombras del portal.

Me abre la puerta y parece otra, parece desnuda, descarnada, rosada, casi humana. La Erika que tengo frente a mí es una chica corriente, aunque su belleza tan potente siga coaccionando al que pasee la mirada sobre ella. Tiene la piel casi transparente, como si se hubiera duchado durante horas y hubiera llorado siglos y se hubiera andado sacando puñados de fantasmas de la cabeza hasta que he pulsado el timbre.

No pronuncia ni una palabra cuando me ve, solo me abre la puerta y veo sus ojos verdes de extraterrestre y entonces recuerdo que no es una chica normal, que es Erika.

—Hola —le saludo—. Solo venía a decirte que siento mucho haberte soltado lo que te he soltado antes. Pensaba que estabas al corriente, si no, ni se me hubiera pasado por la cabeza —añado mucho más torpemente de lo que hubiera deseado.

Se da la vuelta, se lleva un dedo a los labios y me insta a que no siga hablando porque nos pueden escuchar los vecinos que seguro que no tiene. Subimos unas escaleras que por lo menos tienen dos siglos y chirrían como ratas. Me llega un dulce olor a limón, a lima, o no lo sé, lo desprende ella, como siempre.

No recuerdo qué impresión tuve la primera vez que entré en su casa, seguramente porque lo hice drogado, pero esta vez me fijo en todos los detalles y me doy cuenta de que nada es realmente corriente en ella, como si el ambiente estuviera tocado por la locura de Erika y emanara una melodía estrafalaria. ¿Alguna vez me libraré de su embrujo? Ojalá no la hubiera conocido, pienso fugazmente.

—¿No tienes tele? —eso es lo primero que le digo. Me mira como si fuera gilipollas y lo entiendo. Y no me contesta, claro.

Pasamos sobre una alfombra muy fina de color turquesa que podría ser persa pero podría no ser, porque no sé nada de alfombras. Pero es bonita. Todo está pintado de blanco, pero se ve oscuro y Erika se sienta en el suelo porque no es alta y está igual de cómoda. Mi prima hace lo mismo, se repliega en cualquier lado. Yo me siento en un sofá destartalado de cuero granate, en el suelo me sentiría completamente fuera de lugar.

Erika me mira con una dureza extrema, con lo que por un momento dudo sobre si me habré sentado encima de algún perro o un gato o si el sofá es sagrado. Pero, de pronto, agacha la cabeza y me ignora.

—¿Cómo sabes quién es mi madre? —pregunta al fin.

Edorta y sus palabras y sus advertencias pasan como fogonazos frente a mis ojos.

—Lo siento, Erika, no puedo decírtelo, pero lo sé de buena fuente.

Erika se muerde los labios, los tiene agrietados.

—¿Qué sabes de ella? —pregunta al cabo de unos segundos.

Qué sabes tú, quiero preguntarle. Pero no lo hago. Olvido a Edorta. Olvido a Pablo. Olvido a todos. Aquí solo estamos esta extraña chica huérfana y yo.

—Tu madre trabajaba como empleada del hogar en la casa de los Katz. Mi familia y yo nos habíamos mudado a un piso debajo de ellos. Por aquel entonces allí vivían Silvano, Flora e Iván. Tu madre se llamaba Valentina, pero la llamábamos «la india» porque tenía los ojos rasgados y mucho pelo, como tú, pero ella lo llevaba liso. Era muy guapa. No hablaba mucho, de hecho no recuerdo haberla oído hablar nunca. Tenía un novio que no recuerdo muy bien y que solía esperarla fuera, en la calle, fumando. Moreno, con bigote, flaco. Tu madre trabajaba mucho, casi como una esclava, según decía mi madre.

—No era una trabajadora, no era una empleada doméstica sin más —la voz de Erika es cortante—. Cuando me has dicho que mi madre trabajaba en casa de los Katz me he dado cuenta de todo, lo he sabido. Nadie trabaja para Silvano de esa manera. Los sirvientes lo son porque están castigados.

—¿Castigados?

—En mi familia los traidores son castigados y se les llama de esa misma manera: los castigados. Sin más. Y es lo peor que te puede pasar, porque cuesta mucho abandonar ese estatus. Llegar a ser un poeta castigado denota una traición muy grande, una traición enorme a la familia. Si esa mujer hubiera tenido otra ocupación que no fuera la de trabajar de criada en casa de mi padre, estaría purgando, en proceso de volver con los poetas. Pero ella estaba castigada.

Erika se echa a llorar en un silencio espectral. Al parecer eso es gravísimo.

—¿De qué familia estás hablando?

En realidad ya lo sé, pero quiero que ella me lo cuente. Erika mira con cierto temor hacia las ventanas, el rostro lleno de hilos de agua transparente, hacia la piedra que abraza los pies de uno de los montes más emblemáticos de la ciudad. La quietud de la pared cada vez más caliente por el sol que no pega pero le silba se cuela en la estancia como una respiración.

—De la mía, de mi familia. Somos casi treinta personas elegidas y otras treinta en proceso de alcanzar ese estado exclusivo. Pero yo... Yo no entendía por qué no había recibido aún el bautismo de los elegidos, como los demás; en los últimos tiempos he tenido algunas discusiones con Iván y mi padre por este asunto, pero sus explicaciones no han sido convincentes, no me querían contar la verdad. Y ahora ya sé por qué.

—¿El bautismo? —repito.

—Una ceremonia en la que se consagra la entrada en la

familia de los candidatos a poetas. En ella se llevan a cabo una serie de actos que culminan con el dibujo del lirio sagrado en la piel.

Recuerdo los tatuajes de Erika, sus peces y un pequeño tigre en la muñeca, y se lo digo. Ella niega con la cabeza: esos dibujos no son importantes. Lo importante es el lirio.

—Yo tengo el enorme privilegio de formar parte de las personas encargadas de elegir a los futuros miembros de la orden entre aquellos que están más perdidos en nuestra sociedad. Rescatamos a los más desorientados, porque ellos son los que más facilidad tienen para desgranar el vacío de la verdad, para apreciar los valores de los poetas y comenzar a vivirlos. Pero yo probablemente nunca entraré completamente en la comunidad porque mi madre era una castigada y ese estatus se hereda, porque la energía negra pasa de madres a hijos y solo se depura en la tercera generación. La alta traición contamina el hilo vital de los descendientes directos. Después de tanto trabajo, de tantos años...

El abatimiento de Erika es total. A su alrededor la oscuridad se esparce como ceniza. No sé qué decir porque todo lo que me está contando me parece ridículo y temo meter la pata.

—Se necesita mucho esfuerzo para aprender a erradicar el vacío intrínseco de la vida en una sociedad en la que lo insustancial es prioritario en todas sus esferas —me explica con seriedad—. Nosotros trabajamos una percepción especial, única, una percepción auténtica que tú, vosotros, no conocéis. Cuesta abstraerse de lo insustancial, es un trabajo de años y conseguimos llegar a vivir sintiendo, no padeciendo, como vosotros. Hemos encontrado la verdadera fórmula. Todo el mundo busca permanentemente la poesía en las cosas, incluso los que dicen que no lo hacen. Una persona cuando hace fotos, un chico cuando se peina, una mujer cuando escoge una vajilla o un hombre cuando arregla un jardín... Todo el mundo busca la poesía. Pero nosotros hemos aprendido a detectarla entre las sombras y a vivir en ella. Hay pruebas que te ayudan a superar el cansancio, el miedo, el dolor y poco a poco, vas consiguiendo trascender, y cuando lo consigues, eres libre.

Erika guarda silencio y nos quedamos callados un rato mirando a la luz cada vez más débil que resbala sobre la casa y se rompe contra el suelo de su salón.

—¿Y los que no lo consiguen?

Erika se encoge de hombros.

—¿Los que no consiguen alcanzar esa percepción total? —vuelvo a preguntar.

—Se van. No lo superan y se van.

—¿Maitane Martín se fue?

Erika me mira. Un temor cruza su rostro, pero lo controla.

—Una vez que has sentido la poesía en mayúsculas cuesta asumir una vida sin ella, cuesta respirar fuera del grupo. Maitane decidió que no quería seguir sin nosotros porque la vida corriente ya no era suficiente para ella.

—No quería seguir sin vosotros y sin nadie, al parecer. Un poco radical, ¿no te parece?

Erika guarda silencio. Se abraza las rodillas y mira hacia la mole de piedra que escolta la casa.

—¿Hablar con otra persona fuera del grupo es motivo de expulsión? —continúo—. Tenéis normas bastante superficiales para estar tan en contra de la banalidad.

—Es extremadamente peligroso para la familia que uno de sus miembros, o que esté a punto de serlo, se deje contaminar por una persona ajena. En la fase final se establece ya un vínculo vital con la Familia, y entablar una relación íntima con una persona fuera de ella puede contaminar emocionalmente al grupo. Nuestra familia mantiene una energía estable que nos protege, nos apoya, nos da oxígeno. En las fases finales, cuando el candidato a la orden aún no está completamente curtido pero ya influye en el grupo, alguien externo a él puede impurificarle y eso generar fisuras en sus creencias y en la armonía grupal en el futuro. Una familia como la nuestra solo funciona si no hay grietas, si la energía es estable. Por eso somos tan pocos miembros.

—¿Y todo el dinero que dio a la orden Maitane? ¿No estaba contaminado por la sociedad tan poco poética en la que vivimos?

—¿El dinero? El dinero no es nada, no tiene valor, solo lo utilizamos como medio para conseguir algo. En sus sesiones espirituales mi padre traslada parte de su alma a los demás y después debe recuperarse para no enfermar. Recuperarse cuesta dinero. No creo que se pague mucho por ello —responde Erika. Claramente, por sus semejanzas con el de Maitane, el suyo es un discurso aprendido.

—Tú trabajas de cocinera, con lo que entiendo que no ves un euro de lo que manejan tus líderes. Y, sin embargo, haces el trabajo duro: entregarles personas que a veces acaban matándose. Sería lógico pensar que eso para tu energía y tu alma supone un desgaste considerable.

—No tanto. Es mi vocación. Antes dijiste que me conociste el día que nací —Erika cambia de tema.

—Sí, así es.

Me clava sus extraños ojos y yo no sé por dónde empezar a contárselo aunque, desde luego, sé que no por el final. Erika aguarda. Pese a que es la mujer con más autodominio que he conocido en mi vida, percibo varios tics que denotarían un nerviosismo intenso. Intento no equivocarme, no contarle la historia de su nacimiento de una forma demasiado impactante. Empiezo por el principio.

—Yo tenía unos ocho años y había ido a casa de los Katz a por hielos —empiezo—. Estuve un buen rato llamando a la puerta, pero nadie venía a abrirme. Finalmente, fue Iván quien apareció al otro lado de la puerta. Iván tenía las manos manchadas de sangre y parecía eufórico, los ojos se le salían de las órbitas. Yo era un niño cabezota y obtuso, se podría decir que con pocas luces. Mi madre me había mandado a por hielos y volvería con los dichosos hielos. Así que en vez de salir corriendo de esa casa que olía a muerte, entré corriendo por el pasillo hasta la cocina. Allí, casi temblando, abrí el congelador y cogí la primera cubitera que vi. Iván estaba detrás de mí y notaba su agitación alegre y peligrosa. Me di la vuelta, le esquivé sin mirarle y volví al pasillo dispuesto a pirarme de allí cuanto antes, pero justo antes de llegar a la entrada sentí la presencia de un grupo de personas a mi izquierda. Volví la cabeza y vi el cuarto de juegos de Iván. En el suelo tumbada, entre los cochecitos, las canicas y los cromos de Iván, sobre la alfombra de dibujos, estaba la india, tu madre. Los ojos rasgados parecían pelotas, se le salían de las órbitas. La lengua morada, colgándole de la boca. En el cuello tenía atado el cinturón de un albornoz. La habían estrangulado, de eso fui consciente años más tarde. El vientre enorme era una mancha de sangre, y en una esquina estaba Flora con un bebé en brazos. Tú. Flora te abrazaba y daba la espalda a alguien, pero no sé a quién. No vi a Silvano, pero solo pudo ser él.

Nos quedamos en silencio. Erika parece una estatua de hielo. Me preocupa que no se mueva en absoluto.

—Desde aquel día Flora fue perdiendo más y más la cabeza. Yo temía que me ocurriera algo por lo que había visto, que alguien tomara represalias y me dediqué muchos años a esquivarles. Pero con el tiempo me fui dando cuenta de que Silvano no me había visto y Flora, a su manera, tampoco. Solo Iván. Iván... Que disfrutaba con mi pavor y que no tenía el menor miedo de que hablara. Supongo que sabía que nadie me creería. A ti no te volví a ver nunca más. Después de aquel día, fue como si en esa casa nunca hubiera ocurrido nada, todo volvió aparentemente a la normalidad. La india desapareció y, con el tiempo, también su novio, el que iba todas las tardes a esperarla. Supongo que le dirían que se había marchado, no lo sé...

Erika parece conmocionada. Se levanta del suelo y se sienta en el sofá, a mi lado pero en la otra esquina. Pasa un tiempo que a mí se me hace interminable hasta que arranca a hablar con un hilo de voz.

—Yo crecí en la finca de la Familia, en el sur de Gipuzkoa. Me criaron entre dos mujeres que vivían allí, una madre y su hija ya mayor... Nunca me ocultaron que yo no era su hija, pero me trataban como tal por ser la descendiente de Silvano y allí me sentía en familia, libre. Compartíamos nuestro hogar también con un hombre y un chico y una chica que a veces estaban y a veces no, pero todos juntos formábamos una familia y llevábamos una vida tranquila y feliz en mitad de la naturaleza más espléndida que puedas imaginarte. Yo estaba matriculada en una escuela pequeñita de un pueblecito cercano donde niños de varias edades compartíamos clase. A los 16 años dejé voluntariamente los estudios. Yo sabía que mi padre vivía en San Sebastián, donde tenía mucho trabajo en condición de cabeza de *Los poetas de tierra oculta*. Mi padre vino a vivir a la finca de forma permanente cuando yo tenía unos siete años, y se marcharía unos cinco años después.

—Sobre la época en que dejó a Flora e Iván, entonces —digo mientras hago cálculos—. Pero después se volvió a Gros, que yo sepa, a un piso.

—En realidad, él vivía con un pie en la finca y con el otro en San Sebastián, donde rescató a Iván de la sociedad que lo había engullido. La finca solo es un hogar transitorio para los miembros, lo cierto es que éramos muy poquitos los que vivíamos de forma permanente allí. Mi padre defiende que no debemos sumergirnos solo en la poesía en lugares controlados como la finca porque la poesía se encuentra en absolutamente todos los rincones del mundo, incluso en los peores. Es un error pretender encerrarla, esa no es la clave.

—¿Tu hermano sabe que es tu hermano? —pregunto pensando en Iván.

—Sí, claro. Silvano e Iván nunca me han ocultado nada, pero mi madre... Nunca he conseguido que me dijeran quién era ella.

—Flora lo sabe —le digo—. Vamos a hablar con ella. Ella te explicará.

# 22. LA DISIDENTE

Atravesamos juntos el bulevar y me siento feliz de que Erika vaya a mi lado, aunque sé que acabo de destrozar su mundo y eso me cuelga del alma como una herida. Nos escurrimos entre la gente como el aire y cuando la miro me parece mentira que esté ahí. Junto a ella camino más ágil, más joven, más vivo. Ella en cambio avanza en silencio, pálida como una actriz de los años 30, ligera como una pluma de cabaret, con esa energía de la que tanto habla quebradiza y floja danzando en torno a ella. Parece que el viento que llega del río se la va a llevar volando de un momento a otro.

Percibo el teléfono móvil en el bolsillo. Lo he sentido varias veces vibrando mientras hablaba con Erika en su casa, pero había olvidado mirarlo. Lo saco y compruebo que es Lorena. Veo que me ha llamado cinco veces y que tengo también tres mensajes:

*«Primo, coge mi llamada. ¿Dnd stas?»*

*«Contestam ya!»*

*«He descubierto algo. Y es MUY imprtnte».*

Pulso el botón de llamada mientras le digo a Erika que debo llamar a mi prima, pero ella no me contesta. Estamos cruzando el puente del Kursaal y sopla un viento caliente y salado que anuncia tormentas. Erika *vuela* abstraída, seguramente conmocionada por lo que le he contado y nerviosa por lo que viene a continuación. Me gustaría saber cómo ayudarla.

Lorena me pega un grito en cuanto contesta la llamada.

—¿Por qué no cogías el teléfono?

—No podía, Lore, luego te cuento. ¿Qué quieres? ¿No estás en el periódico?

—Sí, estoy aquí; bueno, ahora he bajado a la calle, para contestarte. Escucha: ¿sabes los toquecitos esos que va dando Flora por aquí y por allá?

—Sí, claro, qué pasa con eso.

—Ya sabes que yo ayer no pude pegar ojo porque la tía está como descontrolada y estuvo dando la murga con sus toquecitos todo el rato, ¿no?

—Sí, sí, ya me has dicho —contesto con prisa. Tengo la sensación de que Erika se aleja de mí cuando hablo por teléfono. Nuestra conexión ahora ya es muy débil y no quiero perderla.

—Pues los tengo tan metidos en la cabeza que me he puesto a repetirlos sin querer aquí, en la redacción, dando toquecitos en la mesa, ¿y sabes qué me ha dicho mi jefe?

—¿Qué te ha dicho?

—«Deja de pedir ayuda, Lorena, no te van a cambiar de sección por ahora».

Guardo silencio.

—«Deja de pedir ayuda, Lorena», me ha dicho. ¿Y sabes por qué? Porque Flora está pidiendo ayuda en código Morse. El conjunto de los toques se traduce en un: SOS, SOS, SOS. ¡Flora no dirá una palabra, pero pide ayuda!

Me quedo planchado en mitad del puente y Erika se detiene cuando yo lo hago tan bruscamente y me mira interrogativa con los rizos increpándole al viento.

—Joder, Lore, eso quiere decir que Flora lleva toda la vida pidiendo ayuda —le digo.

—Así es, primo. A ver si va a resultar que Flora es una víctima más de Silvano...

—Pues estamos yendo para su casa ahora, Lore.

—¿Estamos? ¿Cómo que estamos? ¿Quiénes?

—Erika y yo —no quiero contar delante de ella los motivos.

—¡¿Erika y tú?! Joder, Edorta nos va a encerrar en una puta jaula, qué liante eres. Espérame, que voy a intentar escaparme del diario e ir, ¿vale? —suplica Lore. Noto la ansiedad creciente en su voz.

—No, no, Lorena, danos un poco de tiempo. Tenemos que hablar con Flora en la intimidad. Ya nos vemos cuando salgas y te pongo al corriente de todo.

Lorena cuelga a regañadientes y Erika y yo seguimos caminando entre la gente y el viento. Siento que Erika está años luz de mí, de todos.

Llegamos a mi edificio diez minutos después y, cuando estamos subiendo hacia casa de Flora por las escaleras, Erika se detiene de repente. Parece nerviosa, no quiere seguir avanzando, así que nos detenemos en uno de los descansillos en curva sobre el que el sol entra por un enrejado con un disfraz de luz mediterránea.

—¿Qué te pasa, Erika? ¿No quieres seguir?

Me doy cuenta de que un leve brillo de sudor recorre su piel, le agarro las manos y veo que tiene los dedos helados. Intento que sus manos entren en calor frotándoselas porque no se me ocurre nada mejor que hacer. Nos quedamos quietos en el descansillo, no se escucha nada en el edificio. Dos de los pisos del bloque están en venta, en el otro vive un hombre muy mayor y bueno, seguramente alguien más habrá, aparte de, quizá, Flora, pero el silencio se esparce como lodo por el aire y parece que estamos completamente solos, en un refugio de guerra. Erika se sienta en un escalón en sombra y me coloco junto a ella. Descubro con una consternación que no me esperaba que tiembla un poco, como los perros cuando se mojan.

Erika tarda bastante tiempo en contestarme y yo no digo nada, solo le agarro una mano helada mientras miramos hacia la luz enjaulada dibujada en el suelo.

—Si entro en esa casa no habrá vuelta atrás —murmura de pronto—. No sé lo que voy a ganar, pero sí lo que voy a perder.

Trago saliva.

—Vas a ganar conocer la verdad de lo que pasó. Conocer de dónde vienes. Conocer tu historia. Tienes derecho a saber todo.

Erika guarda silencio y cuando empieza a hablar su voz suena coja:

—Corro el riesgo de perder la energía que me conecta a mi familia. Esto que estoy haciendo supone una alta traición a todos los míos... Me quedaré sola, sola para siempre —Erika coge aire y le acaricio la espalda—. Para que me entiendas: en mi mundo, esto sería como un adulterio de los peores en el tuyo. Ni siquiera debería estar aquí contigo, eres el enemigo. Estamos valorando esta situación, el origen de mi nacimiento, con baremos aprendidos, estipulados, prejuiciosos... Con valores occidentales, liberales. Es cierto que yo no tuve a mi propia madre biológica conmigo, pero sí a una que me transfirió y me enseñó a vivir con los códigos de una orden en la que la autenticidad está muy por encima de la volatilidad de los principios y pensamientos de los demás, una orden que apuesta por la belleza y la plenitud, una orden que me ha hecho feliz.

—Erika —le contesto cuando consigo poner en orden mis ideas—, tú misma has dicho que nunca serás una poeta consagrada, que nunca contarás con todos los beneficios de la orden por algo tan arcaico y rancio como una supuesta herencia biológica mancillada. Sé que te resultará difícil verlo desde mi perspectiva tristemente occidental, así que lo haré desde la tuya: tus cartas están echadas desde tu mismo nacimiento, nunca vas a ser un miembro de pleno derecho en la Familia y ya no tienes nada que perder. ¿No quieres saber de dónde vienes? ¿Qué ocurrió con tu madre?

—Mis cartas ya están echadas, eso es verdad. Pero debería renegar de ella; ella traicionó a la Familia, no fue una buena tripulante y por su culpa yo estoy en esta situación.

—¿Estás segura? Ahí vive una mujer que enmudeció y vive pidiendo ayuda con patéticos toquecitos desde entonces. Algo más habrá, ¿no crees?

Erika mira hacia arriba, hacia el portal de Flora.

—De todas maneras, Erika, yo no se lo contaré a nadie y tú tampoco tienes por qué hacerlo. La Familia no sabrá que has estado aquí.

—Sí lo sabrá, su energía fluctuará y se darán cuenta de que no estoy con ellos como antes.

—Es imposible. Sé que no me crees, pero es imposible, esa creencia no es más que un mecanismo de control de Silvano, no es real.

Erika me mira con desconfianza.

—¿Me vas a decir a mis años que no sé distinguir mi energía de la de los demás?

—Sí. No sabes, nadie sabe. Así de claro.

—¿No has pensado en mí estos días, Mikel?

Que pronuncie mi nombre me descoloca. Tardo algo en responder, soy así de simple.

—Todo el rato.

—¿Y no se te ha ocurrido pensar que te estaba enlazando con mi energía?

—Ni de coña. Eres guapa, eres especial, tienes algo. Tu energía me la suda, hubiera pensado en ti aunque estuvieras metida en una caja.

Sonríe.

—No lo sabrán, Erika. Y Flora no se lo dirá.

Nos ponemos de pie a la vez.

—Bueno, vamos allá —susurra Erika. Sonríe y parece casi una chica normal.

Flora tarda lo habitual en atender al timbre, una ridícula eternidad, y la maldigo mientras espero que Erika no se eche atrás en el último momento. Cuando al fin abre la puerta, se nos queda mirando con su mirada de muerta a la que nos tiene acostumbrados y sin mostrar ninguna emoción medianamente humana.

—Buenas tardes, Flora. Soy Mikel, el vecino de abajo —siempre me presento porque nunca da muestras de reconocerme—. Ella se llama Erika —ninguna reacción—. Es la hija de Valentina. La que nació aquí —digo sin más preámbulos.

De repente, los ojos de Flora se clavan como tijeras en Erika, que permanece petrificada, al igual que yo, frente a esa mirada de granito. Flora avanza, y no sé si apartar a Erika de un manotazo, pero no lo hago y veo que la mujer pone sus dos enormes manos sobre las mejillas de Erika y que delgadísimas lágrimas empiezan a resbalar sobre sus pómulos de matriarca rusa.

—La niña, la niña... —masculla—. ¿Es esta la niña? La niña, sí, esos ojos, es la niña... —Flora murmura una y otra vez con una voz gutural que se nota que no ha atravesado la luz y el aire en años. Acaricia la cara de una Erika inmóvil en el descansillo. De repente, la agarra de la muñeca y nos hace pasar dentro de la casa con prisa. Echa un brazo en torno a la cintura de Erika y la lleva pasillo adentro. A mí no me incluye, pero las sigo por detrás.

—Pensaba que estabas muerta. Muerta y enterrada —la voz que emite sigue pareciendo de ultratumba, pero ya no impresiona como al principio—. Es maravilloso que sigas viva, que estés aquí, en mi casa, en tu casa. Es maravilloso, maravilloso...

—¿En mi casa?

Erika se ha detenido en mitad del pasillo.

—Esta fue tu casa todo el tiempo que conseguí mantenerte aquí conmigo.

Flora cruza los brazos sobre su regazo y mira hacia la que era la habitación de juegos de Iván, en la que yo vi a una Erika recién nacida y a una madre estrangulada.

—Te saqué del vientre de tu madre segundos antes de que muriera. Silvano es fuerte... pero yo también lo soy. Yo lo soy más. No podía dejar que te matara también a ti.

Nos quedamos mirando hacia la habitación como si dentro dieran un espectáculo. Erika respira fuertemente, como si le hubieran dado un puñetazo en el estómago.

—¿Tú la sacaste con tus manos? —pregunto por romper el silencio. Mi mente va rescatando más y más fotografías de lo que vi.

—Sí —Flora se vuelve hacia mí—. Sabía hacerlo perfectamente. En el caserío tuvimos que sacar más de una vez a los terneros que venían mal colocados o que se atoraban. Silvano no quería —dice con repentina pena, y se lleva la mano a la boca, como para frenar un grito. El horror la invade.

—¿Qué es lo que no quería?

Pero Flora cambia de tema.

—Yo estaba muy enamorada de Silvano cuando nos conocimos. Era tan diferente a todos los muchachos que había conocido hasta la fecha... Vosotros no lo podéis entender. Silvano era... Silvano era una vía de escape a una vida de esclavitud. En el caserío de mi padre en el que me crie trabajábamos todos como esclavos, desde que salía el sol hasta después de que hubiera anochecido. Era un caserío próspero, el más próspero de la zona de Oiartzun.

Noto que Erika se impacienta a mi lado, quiere saber más

de su madre, de lo que le ocurrió, no entiende este repentino giro de la historia. Pero Flora tiene sus tiempos. Le aprieto la mano a Erika y veo que sigue helada, así que le indico que nos sentemos en un sofá destartalado que hay en la sala de juegos de Iván. Me viene la imagen de un Iván con los brazos ensangrentados y me doy cuenta de que debió meterlos en el vientre de la india para divertirse. Flora nos sigue, pero no se sienta, se apoya en la pared y nos mira.

—En el caserío funcionábamos a la vieja usanza. Teníamos huertas, árboles frutales, ganado, gallinas... Pero mis padres no se fiaban de nadie y solo querían allí a gente de confianza, así que todo el trabajo lo sacábamos adelante entre mi hermana, un primo hermano mío, y yo. Solo descansábamos el domingo, y si se podía. Nos dejábamos la piel. Esa no era vida para nadie. Luego apareció Silvano —Flora traga saliva y su mirada se ablanda—. Silvano era joven y guapo y viajado y quería comprar tierras... Después sabría yo para qué; después... Demasiado tarde, claro. Por aquel entonces Silvano no había heredado aún la tierra de su padre, la que tienen más al sur de la sierra de Aralar. Tampoco la casa de Ulía donde mi hijo ha abierto la academia. En fin, él quería comprar a mi padre tierras y así nos conocimos. Silvano tenía mundo, conversación, carisma, era un encantador de serpientes, un embaucador. A mi madre también le encantó. Y a mis tías. Solo mi padre dijo que no era de fiar, y que no era trabajador. Así son los padres. Pero para mi padre nadie era de fiar en realidad, así que su opinión sobre Silvano no tenía una importancia especial. Al final, y en contra de todos, nos casamos. Tardé un poco en que se me cayera la venda de los ojos, en darme cuenta de que me había juntado con un enfermo... Silvano decía que tenía la clave del mundo, engañaba a la gente, los convencía y los convertía en sus seguidores. Celebraba reuniones aquí en casa y tenía otras mujeres, tenía otras mujeres... —repite Flora con hastío. Y guarda silencio. Todos guardamos silencio—. Creo que ya las tenía antes de casarnos nosotros, pero para mí ya era tarde. Yo ya no podía volver a casa del padre. No solo por el orgullo... Hubo un problema con las tierras que quería comprar Silvano y me había enemistado con el primo, después con mi padre... Y después pasó lo de Valentina y ya me quedé atada a esta casa para siempre. Silvano me dijo que yo era cómplice de lo que le había pasado a la pobre chica y que me encerrarían como a él y que a Iván lo criarían los servicios sociales. No podía contar nada, ¿me entendéis? A mí ya me daba igual lo que pasara conmigo, pero debía proteger a mi hijo. Él era solo un niño. Mi niño.

Erika mira fijamente a Flora, que le sostiene la mirada y continúa hablando.

—Valentina era muy joven, no tendría más de veinte años. Trabajó aquí, en esta casa en la que estamos ahora.

Nos quedamos en silencio, como si así pudiéramos escuchar los pasos de la india por el pasillo y las habitaciones; como si, de alguna manera, pudiéramos devolverla a la vida.

—Yo no la quería aquí, esta casa es muy pequeña y yo no necesito ayuda ni la quiero. Ni en el caserío teníamos mozas, como para tenerlas en este piso pequeño. Pero Silvano se empeñó. Silvano se había encaprichado con ella. El novio de la chica, Martín Ibarra, era seguidor de las creencias de Silvano y atrajo a Valentina hasta él. Consiguieron convencerla, seguramente la fueron embaucando, y después la pobre chica cometería uno de los tremendos errores que Silvano se había sacado de la manga para castigar a sus fieles, como él los llamaba, y le dijo que debía purgar si quería ser libre, ver manar su energía y todas esas mandurrias que les contaba. Se le asignó trabajar como una esclava para nosotros, para Silvano. En realidad, estoy segura de que mi marido se buscó alguna excusa para castigarla y retenerla cerca de él. Silvano era muy obsesivo, muy caprichoso, la quería y la quería con él. Y yo no sé si el novio de la chica se olería algo, pero siempre estaba con cara de malas pulgas en la calle, esperando a Valentina. De todas maneras, tampoco lo creo, porque Silvano era muy bueno sorbiéndole el seso a la gente. A la mínima los tenía comiendo de la palma de su mano. Además, mientras Valentina estuviera castigada, él tampoco podía ser miembro de pleno derecho de la comunidad que había formado mi marido, así que no diría ni *mu*, esperaría pacientemente.

—¿Y no te importaba que Valentina estuviera aquí? —pregunto.

—Sí, claro que sí. Muchísimo. Pero yo ya solo quería salir adelante cada día con los menores problemas posibles. Sabía que Silvano era un enfermo y le tenía miedo. A la vez le quería y, en el fondo, creía que él también me quería a mí y que la edad le iría quitando todos esos pájaros y caprichos que tenía en la cabeza. Él... Él al principio me intentó convencer a mí. Me hablaba de la energía no explorada, del mundo de las percepciones, de la belleza, del abismo... Pero a mí todo aquello me parecían pamplinas de alguien que había tenido demasiado tiempo libre, y se lo dije. Yo soy católica apostólica romana, y creo que el abismo es necesario para que los hombres aprendan a escoger el camino correcto, y que solo hay un salvador: Jesucristo. A mí me criaron así. Y yo no sé si porque vio que no le creía, pero las cosas entre nosotros se pusieron feas muy rápido —Flora coge aire, resopla, y mira a Erika—. Debía haber hecho algo más por ti, pero no me atreví. Iván lo era todo para mí. También Silvano, pero si Iván no hubiera existido, a Silvano lo habría llevado yo misma frente a la policía y allí lo habría dejado. Y no habría permitido que a ti te llevara con él.

—¿Qué pasó con mi madre? —la voz de Erika es un hilo fino.

—Valentina se quedó embarazada, y me aclaró ella misma con muchos gestos, porque le habían prohibido hablar, que no estaba embarazada de su novio Martín, sino de Silvano. A Valentina el embarazo le cambió. Empezó a distanciarse de la Familia, a desconfiar. Al principio era devota y hacía sin chistar lo que le pedían, pero según avanzaba el embarazo, yo creo que se dio cuenta de que su hija sería una castigada, como ella, porque los cargos se heredan, según Silvano. Pocas noches antes de morir, habló. Estaba yo en la cocina y ella vino y me dijo con su voz de niña que se iba a marchar, que había contactado con una familiar suya en Extremadura, y que se iba a ir de aquí, sin decir nada, a dar a luz allí. Me lo contó porque no tenía ni una peseta y necesitaba ayuda para hacer el viaje y para sobrevivir algunas semanas hasta que encontrara trabajo allí. Yo le dije que le ayudaría, y le guardé algo de dinero. Silvano se enteró. Sé que supo que había sacado el dinero, aunque lo hice en pequeñas cantidades para que pasara desapercibido. Pero algo sospechó, algo ocurrió, algo entrevió. Valentina estaba más tranquila, más feliz, más desafiante hacia él. Y a Silvano le entró miedo. Valentina era su primera disidente. Hasta la fecha, nadie había abandonado la orden voluntariamente.

Una tarde de verano, solo dos días antes del viaje que Valentina pensaba emprender, apareció Silvano hecho un basilisco. De alguna manera se había enterado de que la chica se quería marchar. No sé si descubrió algo por su cuenta o si fue atando cabos o si se lo sacó de la manga. A tu madre no le dio tiempo a defenderse, todo fue rapidísimo. Silvano agarró el cinturón de mi albornoz, que estaba colgado de la puerta del baño, y se lanzó sobre ella. No le importó que Iván estuviera presente. Yo vi los ojos aterrorizados de Valentina, no solo por el ataque, sino por su bebé. Se llevó las manos al vientre y me miró aterrorizada y suplicándome y yo supe lo que debía hacer. Fue terrible, pero había que hacerlo.

Flora coge aire. Suda. Nunca había visto sudar así a una persona mayor.

—Me enamoré del bebé en cuanto la vi, aunque estuviera recubierta de grasa y de sangre. Silvano en cambio quería deshacerse de ella también y me la intentó quitar, pero me negué en rotundo y él vio que no me iba a echar atrás. Estuviste en esta casa tres meses —susurra Flora dirigiéndose a una Erika desinflada—. Eras una niña muy buena, no llorabas nada y nadie se enteró de que estabas aquí, bajo este techo. Fuiste mi bebé precioso. Te puse el nombre de mi madre: Erika.

Erika la escuchaba consternada, blanca como un folio.

—Qué hicieron con mi madre.

Flora cruza los brazos sobre el abdomen. Es obvio que se siente profundamente avergonzada. Le cuesta arrancar a hablar.

—Estuvo en la bañera de esta casa tres días enteros. Muerta. Muerta aquí mismo. Me negué a ayudarle a Silvano a deshacerse de ella, le supliqué que confesara, se lo supliqué. Aquella chica se merecía recibir sepultura como Dios manda. Al tercer día, Silvano apareció con uno de sus súbditos más fieles y la envolvieron en bolsas de plástico. Fue horrible, yo me encerré en la habitación. Esa misma madrugada se la llevaron. Le he dado muchas vueltas, he rezado mucho... Y yo, yo creo que Valentina puede estar enterrada en la academia de Ulía. Le oí decir a Silvano algo de que iba a aprovechar unas obras y en aquella época estaban reformando esa casa para hacerla más amplia y estaba todo el suelo levantado.

—¿Y qué pasó conmigo? —pregunta Erika, y creo que se siente tan mareada como lo estoy yo.

—Cuando llevabas tres meses en esta casa, me puse muy enferma. Vomitaba, me mareaba y eran cada vez más frecuentes las veces en las que perdía la visión o veía borroso. Tenía unos dolores de vientre horribles. Nunca me había sentido así, y nadie sabía lo que tenía. Me ingresaron en el hospital.

Estuve allí una semana. Silvano dijo que te cuidaría. Intenté abandonar el hospital lo antes posible porque no me fiaba de él, pero mi salud empeoró. La impotencia fue terrible, el querer salir para cuidarte y no poder. Te veo aquí, Erika, así que ahora sé que él aprovechó mi convalecencia para llevarte a su finca de Gipuzkoa con aquel hatajo de adeptas que adoraban el suelo que él pisaba. Silvano me explicó que había donado su casa a fieles que no tenían donde ir, que era una buena causa, que allí serías feliz. Dijo que el bebé no era mío, sino suyo, y que él había decidido que ellas se hicieran cargo de ti. Después te busqué, pero Silvano me tenía muy coartada, juró que me denunciaría por la desaparición de Valentina, que explicaría lo que le había hecho, que Valentina murió desangrada y no estrangulada, porque yo le había abierto el vientre y que le diría a la policía que lo había hecho por celos. Nunca me lo he perdonado. Yo no pensé que te hubiera llevado a aquella finca, sino que estabas muerta, en realidad.

—¿Y el novio? —pregunto yo. Me sorprende la pasmosa facilidad con la que se deshicieron de aquella chica.

—A Martín le dijeron que Valentina había huido a Extremadura con una familiar, que lo había abandonado y que había dejado la orden. Y no lo dudó. Valentina nunca llegó a Extremadura, pero lo cierto es que a la pobre no la buscó nadie.

Nos quedamos en silencio en esa habitación donde la india murió y nació Erika. En esa habitación que yo eliminé de mi conciencia y de mis recuerdos.

—Ahora estás bien, Erika, y yo me arrepiento de toda mi vida, de todo lo que hice y de todo lo que dejé de hacer. Todo lo hice mal y ojalá pudiera cambiarlo. Yo era una mujer valiente y si hubiera denunciado lo que ocurría desde el principio, otro gallo cantaría. Ahora lo veo todo con otra perspectiva, con la perspectiva que dan los años, y sufro por todo lo que no hice, sufro cada minuto de cada día.

Erika coge de las manos a Flora y ambas guardan silencio.

De repente, recuerdo mi cita con Edorta, que me está llamando al teléfono móvil, que tengo silenciado y en modo vibración. No puedo revelarle dónde estoy. Mi prima también me ha llamado mil veces.

—Quiero volver a la finca de mi familia —dice Erika—. Quiero hablar con mi madre de allí y con mi hermana adoptiva y quiero que vengas conmigo.

Erika besa las manos de Flora y ella llora en silencio.

# 23. LA FINCA DE LOS POETAS

Se acabó. Todo se acabó. Acabo de enterarme de que *Los poetas de tierra oculta* viven sus últimas horas y miro a Erika, sentada a mi lado en el asiento del copiloto, ajena a que su mundo privado está a punto de salir a la luz para enfrentarse con el más público que representan las leyes. Lorena me ha dejado un mensaje en el buzón de voz cuando estábamos en la casa de Flora y lo escucho mientras caminamos hacia el *parking* para coger mi coche. En él me informa de que han detenido a Silvano Katz en plena calle. No sabe bajo qué cargos, pero si es por lo que nosotros ya sabemos, es probable que en las próximas horas vayan también a por Iván y a por Erika.

El arresto de Silvano ha causado «gran revuelo en Gros», me cuenta. El padre de Iván estaba fuera de sí, «la gente comentaba que parecía drogado», y ha armado «una buena». Se ha puesto a gritar «cosas de loco», como que él tenía «la clave de la salvación» y que la policía estaba «al servicio de la gran rueda de control occidental». Tal vez era una «puesta en escena», comenta mi prima en su mensaje, para aparentar estar loco, porque si hay algo que los dos sabemos es que Silvano «de tonto no tiene un pelo».

Llevaremos unos cincuenta minutos adentrándonos en la Gipuzkoa más profunda y nos encontramos a menos de tres kilómetros de la finca de la Familia, en una vieja carretera que la naturaleza de la zona apenas respeta. Esquivamos en silencio troncos, montículos de tierra, boquetes y ramas de árboles tan cargadas de hojas que se suspenden sobre el camino como gigantes. Los silbidos de los animales salvajes surcan el cielo y se cuelan por la ventana trasera, medio abierta, donde viaja Flora. Es imposible ir a mucha velocidad, y le agarro la mano a una Erika que permanece completamente ausente a mi lado. El verde de sus ojos es del mismo color que el paisaje a su derecha. Su mirada está fija. No retira su mano helada. Ella también ha recibido un mensaje mientras estábamos en la casa, justo cuando nos íbamos a marchar. He visto cómo sacaba ágilmente el móvil del bolsillo trasero de su mochila, mudaba su rostro al verlo y pedía permiso a Flora para ir al servicio. Cuando ha salido, su cara parecía una máscara, mantenía una expresión ajena y extraña, y me pregunto si a Silvano le ha dado tiempo de avisarle de que le iban a detener o de que le habían detenido. Creo que sí, estoy seguro de que sí, pero yo, por si acaso, no se lo he dicho.

Viajamos en un silencio solo interrumpido por las indicaciones de Erika y me parece que estamos completamente solos en el mundo. El paisaje es tan inescrutable y salvaje que no parece que haya entrado nadie jamás en él. No sé si en pocas horas Erika estará sentada en una sala de las dependencias policiales explicando cómo captó a Andoni; no sé si acabará detenida, si el juez se compadecerá de su historia, si ella se la contará. Y no quiero que se vaya ni que la detengan. Erika ha pasado de ser una diva irreal, una maléfica encantadora de serpientes, a ser una extraña chica con una infancia inusual que ha aprendido a vivir en una realidad paralela que los demás no entendemos. Ya no me parece nada peligrosa.

Flora viaja en silencio, abandonando su mirada en el paisaje como si nunca hubiera visto más allá de los edificios grises del barrio, los ojos vascos más brillantes que nunca, media sonrisa en el rostro calmado. Ella también quiere conocer la finca donde creció aquel bebé que salvó de la muerte una tarde de verano. Ella ya está en paz desde que sabe que Erika sobrevivió.

Estamos llegando. Nos acercamos a la que parece ser la entrada de una finca, consistente en una vieja valla hundida entre una vegetación tan fértil y frondosa que parece que vamos a internarnos en un túnel colonizado por los matorrales y los árboles en vez de en un terreno habitado por los seguidores de Silvano. De repente, Erika se inclina hacia mí y creo que me va a besar pero no, en realidad solo quiere tocar la bocina del volante. Hace cinco pequeños toques, el segundo y el quinto algo más largos que los demás. La percibo débil y temblorosa a escasos centímetros de mí.

Al poco rato, un chico con una capa sobre la cabeza y los hombros se acerca a abrirnos y mientras mueve la valla, descubro con una euforia que me descoloca que estoy ante Pablo Martiarena. Sus ojos amables miran con inquietud hacia los asientos de nuestro coche. No nos esperaba y calibra la situación. Seguramente está al corriente de la detención del líder y sabe que su actuación en la Familia ha entrado en su fase final.

En cuanto Erika ve a Pablo una sonrisa se dibuja en su rostro —la primera que le veo desde hace horas—, baja del coche con inusitada rapidez y se acerca corriendo a él. Le abraza con fuerza y le dice algo al oído. La complicidad entre ellos es evidente y siento unos celos extraños. Erika sonríe dulcemente, pero el rostro de Pablo, en cambio, empalidece, sus ojos se afilan y empieza a zarandearla. No entiendo nada y salgo del coche *ipso facto*.

—¡Llama a una ambulancia! —me grita Pablo. Pero él mismo saca su teléfono y marca un número. Yo estoy bloqueado y Flora se inclina hacia los asientos delanteros alarmada. Escucho a Pablo hablar al teléfono. «Cicuta», entiendo que dice en un momento dado. «Chica de 29 años». Y da unas coordenadas para que nos localicen. La realidad me golpea a lo bestia y me siento gilipollas. Cómo no he podido darme cuenta. Claro que Silvano no iba a dejar testigos que dieran parte de cómo funciona su asquerosa organización. Que Erika e Iván mueran si a él le descubren es lo lógico. Ellos dos conocen el funcionamiento de la Familia desde el principio. Recuerdo el mensaje que ha recibido Erika hace menos de una hora, su visita al baño de Flora, la muerte de Andoni por ingerir semillas de cicuta, todo a la vez. Todos los miembros llevan encima semillas. Claro que sí. Por si las moscas. Erika ha tragado veneno delante de mis ojos y yo no me he dado cuenta de nada.

—Todavía no sufre todos los efectos —grita Pablo. Por cómo manipula a Erika, se nota que conoce bien esa planta venenosa—. Está a tiempo. Todavía está a tiempo.

Mira hacia la maltrecha carretera, esperando ver las luces de alguna ambulancia al fondo de los campos salvajes. Yo miro a Erika. Sus pupilas, minúsculas cuando viajaba sentada a mi lado, hace nada, ocupan ahora todo el iris. Sus bellos ojos verdes han desaparecido. Tiene la boca roja, como sangre, parece quemada. Soy consciente de que quería volver aquí, a su casa, para morir. Pablo la agarra y le aprieta el estómago, le insta a vomitar, pero Erika no colabora.

Flora sale del coche, se acerca apresurada, abre mucho los ojos al ver a Erika y se agacha y empieza a acariciarle la cara. Ahora empieza a ser evidente que Erika está cada vez más intoxicada. Se retuerce y tiembla de una forma grotesca, pero no sé si se trata de convulsiones. Empiezo a percibir a nuestra espalda figuras que se acercan cubiertas con capas como la que viste Pablo, pero el mundo parece difuminado a mi alrededor mientras intento hacerme una foto de la situación. Pablo empieza a gritar al grupo de gente que se alejen, que se vayan. "¡Fuera de aquí! ¡Alejaos! ¡Le han disparado! ¡Le ha disparado un cazador!¡ ¡Resguardaos!".

El grupo obedece y mil alfileres me atraviesan la mente. Veo con una claridad meridiana lo que está ocurriendo. Si los demás descubren que Erika ha ingerido cicuta, ellos también lo harán. Son órdenes dentro de la Familia. Pero el grupo de personas hace lo que Pablo les ordena sin rechistar: se dan la vuelta y se dirigen hacia la finca. Y me doy cuenta de que Pablo no es el chico debilucho que decía Lorena, ni el ser moldeable y frágil que pensaba yo. Estoy ante un tipo de reflejos rápidos, duro, mentalmente ágil, una persona que no deja nada al azar.

—He traído a todos a la finca para que no se enteren de la detención Silvano. ¿Por qué se lo has dicho? —me increpa Pablo en susurros.

Niego con la cabeza.

—No lo he hecho. Él ha debido avisarle por teléfono. ¿Esta es la Familia? —pregunto por preguntar. Estoy muy acelerado.

—Falta Iván, no estaba donde debía estar, no lo he encontrado en la academia. Puede que se haya matado también o que venga hacia la finca para no hacerlo solo. Estoy esperando refuerzos, pero no sé dónde cojones están —maldice Pablo.

De repente escuchamos revuelo dentro de la finca y Flora y yo volvemos la cabeza hacia ella. Pablo sigue intentando que Erika vomite con maniobras desesperadas.

—Id allí con ellos y decidles que deben unir sus energías para canalizarlas hacia Erika. ¡Decidles que depende de ellos que se salve!

Pablo no nos mira, sigue ocupado en Erika, y Flora y yo caminamos sobre la hierba hacia la enorme y descomunal finca de madera que se alza en mitad de una explanada abombada hacia el cielo. Llegamos hasta un portón de varios metros de altura que, a duras penas, entre los dos, podemos empujar. Cuando se abre, Flora y yo quedamos boquiabiertos hasta tal punto que la madre de Iván me agarra de la mano. La perfección de la belleza más perfecta existe, y está ante nuestros ojos.

La tremenda finca de madera alberga en su interior, en el centro, una construcción de piedra negra, creo que podría ser pizarra, que se alza como un atril gigante hacia el cielo abierto. Me siento como si estuviéramos en el cráter de un volcán en cuyas paredes ristras de cristales transparentes, rosas y blancos recogen la luz del sol y la hacen rebotar en mil direcciones. Huele a sol y a selva. Flora y yo enmudecemos. Los rayos de luz giran hacia todos lados como magia. En el centro del cráter se alza el montículo negro sobre el que, entiendo, Silvano o Iván se dirigirán a sus seguidores. Ahora mismo, alrededor de él, un grupo de unas veinte personas alzan sus brazos y murmuran frases en un idioma que no reconozco pero que intuyo inventado o rescatado de alguna antigua cultura. Parece que no hace falta que les digamos que utilicen su energía para dirigirla a Erika, ya lo están haciendo. Aun así, subo como puedo hasta la base del montículo y hago lo que Pablo nos ha pedido.

—¡Debéis dirigir vuestras energías para sanar a Erika, así que hacedlo! —les grito.

Todos los miembros guardan silencio al escucharme y empiezan a desplazarse hasta formar una especie de figura geométrica que, supongo, es la que les han enseñado para casos similares. Todos los miembros menos uno, que se queda mirándome intensamente. Noto sus ojos oscuros entre los rayos de luz que se trenzan entre nosotros y empañan mi visión, sin comprender qué le ocurre. Cuando mi mirada consigue atravesar la claridad y ver con nitidez, el corazón se me desploma. A cuatro metros, observándome con un vacío y una ausencia insoportables, está ella, mi mujer, Natalia. Con la capa granate cubriéndole el cabello negro. Más flaca, más rara, pero es Natalia. A su lado, una mujer le espeta: concéntrate, hay que canalizar. No hace falta que la escuche más, ya sé que es Carmen, su compañera del taller de costura. Miro sin comprender y comprendiendo. Comprendiendo los cambios de ánimo bruscos de mi mujer las últimas semanas antes de que se marchara, el vacío del que me hablaba constantemente, los silencios en los que nos sumía un día tras otro y que yo no podía atravesar. Comprendiendo que cada vez pasara más tiempo en el taller de costura, que cada vez contara menos conmigo. Su distancia. Y comprendiendo que era ella la otra persona que vi en el coche de Iván Katz junto a Pablo aquella noche de frío y lluvia. Comprendiendo que lo bloqueé porque ella iba riendo y pasándole el brazo por los hombros a Iván, un Iván cuya mirada era fría, ausente, ida. Algo estaba ocurriendo. Algo iba a ocurrirles. Y yo lo supe.

—Qué haces aquí.

Es lo único que puedo decir.

Natalia parece que va a hablar, pero con un gesto que no reconozco, mira hacia otro lado, se da la vuelta, y se pone a orar en ese idioma inventado, con los brazos en alto. Me quedo quieto. Sencillamente, no soy nadie para ella.

Desciendo hasta donde se encuentra ella, tiene que hablar conmigo, pero entonces lo veo. No sé por dónde ha entrado, pero ha subido al montículo que yo he dejado atrás como una exhalación. Es Iván Katz.

—¡Hermanos! ¡Hermanas! Ha llegado el momento de mostrar vuestra lealtad sin fisuras al líder, ha llegado el momento de...

Iván no termina la frase. Con un grito animal que estoy seguro se ha oído fuera de la finca, Flora se lanza sobre su hijo y lo aprensa bajo su enorme cuerpo. Una exclamación conjunta se alza sobre el cráter, pero los seguidores no se mueven, no están programados para reacciones violentas. A Iván el gesto de su madre le ha cogido por sorpresa, a todos nos ha cogido con sorpresa. Ni siquiera forcejean. De repente, Pablo aparece de la nada, ha debido entrar silenciosamente en el cráter, atraviesa el grupo de gente y sube al montículo en cuatro zancadas. Lleva unas esposas. Con una rapidez y una fluidez que nos descoloca a todos, inmoviliza a Iván y le insta a guardar silencio. Acto seguido se pone en pie y mira al grupo.

—¡Hermanos, hermanas! ¡Han ocurrido muchas cosas esta tarde, pero Silvano está de camino —miente. El grupo no responde, no se mueve, no reacciona de ninguna manera—. Nuestro hermano Iván está en peligro. Ahora tenemos que esperar. Seguid canalizando, hacedlo todos.

Acto seguido, Pablo empieza a lanzar oraciones en el idioma desconocido que he escuchado al principio, cuando he entrado en el cráter, y, sigilosamente, en cuanto los seguidores comienzan a hacerle los coros, yo salgo hacia la explanada por el portón que ha dejado ligeramente abierto. Agradezco el tono denso y libre del atardecer y la brisa ligera. Corro hasta llegar a Erika, que yace tumbada sobre la hierba, cubierta hasta el cuello con la capa que vestía Pablo. Erika tiembla muy débilmente y le acaricio los brazos y las manos. Miro a lo lejos, hacia el manto de vegetación que se extiende eterna como el cielo. La ambulancia no parece que vaya a llegar nunca. Agudizo el oído, pero solo se escucha la respiración mansa de la selva, el aire huele a hierba y a agua y el cielo está plegándose rosado bajo la vegetación. Graznan las aves libres y algunos grillos empiezan una canción. No quiero moverme nunca de ese lugar, de ese punto exacto en el que estoy y en el que, lo sé, Erika acaba de morir.

No sé cuánto tiempo permanezco allí junto a ella, pero en un momento dado las luces y las sirenas arrancan la calma a la naturaleza y a la muerte de Erika, acercándose hasta la finca con su aplastante banalidad. Veo a varios agentes bajar de dos furgones policiales, entre ellos Edorta. Junto a sus vehículos estaciona una ambulancia.

Edorta no me mira y sé que ya ha hablado con Pablo. Con un arma en la mano y pasos gatunos, se acerca hasta el cráter seguido de sus compañeros. Al poco rato, todos los miembros de la Familia salen en fila, con los brazos en alto, custodiados por los agentes. Detrás de ellos, Edorta lleva a Iván Katz, todavía esposado. Pablo escolta el grupo, la mirada afilada se ha relajado y siento su alivio. El juego se ha acabado.

# EPÍLOGO

Trato de digerirlo, pero el café se amontona en mi garganta antes de desenredarse y caer de golpe en mi estómago vacío. Solo habían pasado once horas desde que volvimos de nuestra luna de miel cuando Natalia salió de casa a la búsqueda desesperada de Iván Katz.

—Aunque parezca difícil de entender, no merece la pena tomárselo demasiado en serio, ella ya no era Natalia o, por lo menos, no la Natalia que tú conociste. Su cerebro no funcionaba como el de una mujer normal, tenía sorbido el seso.

Pablo Martiarena da un trago precipitado a su Coca-Cola. En su mirada evasiva veo que no sabe si merece la pena contarme lo que me está contando, pero he sido yo quien le ha buscado, he sido yo quien quería respuestas, todas las respuestas. Quién era Iván Katz, en realidad. Qué pasó con Natalia. Dónde estaba él mismo mientras Lorena y yo lo buscábamos por toda la ciudad. Qué ocurría en aquella finca.

El Wimbledon respira silencioso para ser una mañana soleada de finales de marzo. Parece que han pasado siglos desde que me reuní con Edorta en esta misma mesa íntima, apartada, en la que nos encontramos ahora, pero eso ha ocurrido hace apenas una semana.

Miro a Pablo, sentado frente a nosotros con una camiseta de un verde desvaído y una americana ligera. Está delgado y ojeroso, pero emana una energía constante. Me parece increíble tenerlo enfrente, Lorena y yo habíamos interiorizado que yacía como un alga en el fondo del mar, que era la víctima perfecta, que se lo estaban comiendo los peces, que era un pobre chico. Y me doy cuenta de que Pablo, este Pablo, no tiene nada que ver con el hombre desvalido que buscábamos, el mismo que sonreía con tristeza en la foto de los escasos carteles que aún siguen columpiándose en algunas paredes de la ciudad. Aunque es delgado y nervudo, casi delicado, todos sus movimientos destilan una determinación casi militar. Una solvencia lodosa. Es más fuerte que yo, quizá más fuerte que Iván, seguramente más fuerte que Edorta.

—Aquella noche Natalia no volvió a dormir a casa y me extrañó un poco —confieso avergonzado. En realidad, deberían haber saltado todas mis alarmas, pero no lo hicieron—. Habíamos llegado de Punta Cana al aeropuerto de Bilbao a las ocho de la mañana y a San Sebastián en el autobús a las diez. Todo el día lo pasó bastante nerviosa, dando vueltas por el piso. Yo pensaba que se debía al *jet lag*, al jaleo de las maletas y al calor sofocante que hacía aquel agosto.

—Estaba con Iván. Durmió con Iván —concreta Pablo por si no he caído en la cuenta. No se anda con rodeos. Está de vuelta de muchas cosas y cree que nosotros también deberíamos estarlo a estas alturas de la historia.

—A mí me contó que iba a casa de su padre, que se sentía mal porque el día de la boda apenas estuvo con él por atender a todos los invitados y que... en fin, que me lo tragué —no sé por qué le doy tantas explicaciones, hablo por hablar, como un crío nervioso—. Una semana después de volver de nuestro viaje salimos a cenar y esa noche me dejó.

Guardamos silencio. Un grupo de personas en chándal entra en el local envuelto en una burbuja de luz y endorfinas. Rondan los cincuenta, y vienen de jugar a tenis en las pistas de al lado, las que se extienden frente al local. Piden jarras de cerveza ajenos a la madeja de confesiones que ha empezado a desenredarse en nuestra mesa.

—Iván se había encaprichado de ella y desplegó toda su artillería pesada para conquistarla —me empieza a contar Pablo—. Antes de vuestro viaje ya había trabajado su relación con Natalia, aquella escapada espontánea a su casa no fue tan espontánea como podría parecer. Perdona que sea tan directo, Mikel, pero todo formó parte de una estrategia. Sé que sueno un poco crudo —Pablo acusa la mirada de Flora, sentada a mi derecha con una manzanilla entre las manos y que observa a Pablo mientras este juega con las cenizas de mi estado de ánimo—, pero tienes que saberlo si quieres ayudarla ahora.

—Ayudarla ahora —repito pausadamente, intentando entender esas palabras—. Lo veo un poco difícil.

Natalia me odia. Después de que la policía se llevara detenido a Iván, se lanzó contra mí como una energúmena junto a su amiga Carmen. Fue un espectáculo digno de ver, las dos con sus capas moradas y su ira parecían murciélagos gigantes en pleno ataque. También aporrearon el último furgón policial que salió de la finca. «¡Me has destrozado la vida!», me gritó mi exmujer mientras yo me quitaba de encima a su amiga Carmen. Sus palabras me atravesaron como una colección de hachas.

Vuelvo al presente, a la calma del local, y me paso los dedos por los arañazos que me hizo Carmen en la mejilla. Ya no me duelen, pero están cubiertos de postillas frescas.

Pablo sigue el rastro de las heridas con la mirada.

—Fue ella quien echó a tu mujer a los lobos. Carmen Álvarez es una veterana en la Familia, entró hace muchos años.

No tenía familiares propios, solo una hermana ya mayor, que vive en Burgos. La usan un poco para todo, es una especie de ama de llaves. Ella le condujo a Iván.

—Carmen —la señora madura, afable y gris de las clases de coser—. Y yo pensando que los cursos de costura eran de lo más inofensivo que podía haber en el mundo —me río sin ganas y mi risa se corta contra Pablo como una mayonesa malograda.

—Bueno, esta gente captaba a sus seguidores normalmente entre personas que asistían a programas de rehabilitación —admite él—. Pero también en algunos cursillos de yoga, en la academia de pintura e incluso en clases de baile... En general, buscaban a gente que se sentía un poco perdida, gente que atravesaba crisis personales y a la que pudieran dominar y sacar la pasta después.

—Pero Natalia no era una mujer perdida —protesto—. De hecho, ella estaba perfectamente integrada en la sociedad... No lo entiendo; dices que su objetivo eran desarraigados, gente con pocos lazos familiares, como la Carmen esta, pero Natalia se iba a casar, vivía conmigo, tenía un trabajo bueno, un hermano, un padre... ¿Por qué acabó en la Familia?

Sin darme cuenta he alzado la voz. Algunos rostros en la barra se giran hacia nosotros y esquivo sus miradas. Pablo mira al interior de su vaso, donde se deshacen dos hielos, y guarda silencio antes de responder.

—Por Iván. Natalia no era una seguidora más, a Iván se le metió aquí, en la cabeza, en cuanto la conoció. Si lo piensas bien, Natalia era en cierta manera su polo opuesto: clara, auténtica, intensa de verdad. Y, bueno, muy guapa —susurra—. Iván la quería para él. Es la única seguidora que se llevó a su propia casa. Yo tengo la teoría de que ya la había fichado antes, en la misma calle. Al final, vivís muy cerca, ¿no?

—A menos de doscientos metros —admito.

—Creo que cuando se enteró de que asistía a un curso con Carmen, aprovechó la ocasión. Y se lo curró bastante. Después de las clases se acercaba al local a hablar con ellas y la invitaba a desayunar justo a la vuelta de la calle, en La Kava. Allí empezaron a forjar una pequeña amistad. Después he sabido que paseaban un poco por Sagüés, que caminaban hasta el final del paseo, hasta las rocas. Se quedaban alrededor del muro de la Zurriola y, bueno, que me imagino que allí Iván le hablaría y hablaría, porque era lo que mejor se le daba y...

—¿Vivía con él? —no quiero saber cómo la conquistó, sino dónde había estado Natalia todo ese tiempo en el que yo no sabía nada de ella.

—Sí.

La sola idea convierte mi piel en papel de fumar. Me siento tremendamente vulnerable y estúpido, pero lo disimulo lo mejor que puedo delante de Pablo.

—¿Vivía en Segundo Izpizua? —repito—. Me cuesta creerlo, eso está prácticamente al lado de mi casa y nunca la veía por la calle.

—Apenas salía. Le gustaba estar ahí con él y, cuando no estaba, esperarlo. Para Iván era una especie de tesoro, un tesoro solo suyo.

No doy crédito. Parece que habla de otra persona. Natalia esperando, como una mujer sumisa, sin salir de casa, solo esperándolo a él. Eso jamás lo habría hecho de estar en sus cabales.

Pablo acusa mi expresión.

—Iván es un grandísimo embaucador, Mikel. Un experto, no un charlatán cualquiera —explica con cierta compasión—. Yo no he visto nunca nada igual.

Flora asiente.

—Iván siempre ha sido muy inteligente, siempre estaba muy por encima de los chicos de su edad —comenta la mujer a media voz. Y esquiva nuestras miradas—. Pero no es solo carisma, tiene una voluntad de hierro, consigue lo que se propone, ha luchado mucho en la vida.

—Cuando te hablaba —interviene Pablo— solo podías escucharle a él, ni siquiera podías atender a tus pensamientos. Si hubiera estallado una bomba a treinta metros de ti, hubieras seguido con la cabeza vuelta hacia él. Era un psicópata de manual.

—Me cuesta hacerme una idea... —los tenistas apostados en la barra elevan la voz. Están recuperando las calorías perdidas con unas cervezas—. ¿Por qué se casó Natalia conmigo y se fue de viaje de novios si ya había empezado *algo* con Iván?

Pablo traga saliva y se pasa la mano por el cabello antes de contestar con un suspiro.

—Mira, me va a costar explicarte esto...

Otra más.

—Arranca, si ya total...

Pablo levanta el rostro y clava sus ojos acuosos en los de Flora para después mirarme a mí.

—Iván jugaba bien sus cartas. Sabía que la mejor manera de atrapar a Natalia de verdad, a su manera, era dándole una de cal y una de arena. La conoció, le mostró su mejor cara, todas las posibilidades que se abrían ante ella si permanecía junto a él, ya sabes que es un tipo famoso, un gran pintor, muy conocido ya, al menos aquí, y que tiene abiertas las puertas de esta sociedad, o las tenía. Y bueno, que empezaron a verse por las mañanas, inocentemente y después, cuando ella ya se había acostumbrado a él, desapareció. Dejó que ella pensara que había sido todo una especie de fantasía, una amistad fugaz, ¿me sigues? A Iván le gustaba desequilibrar a las personas, sobre todo eso, desequilibrarlas. Pero hay más, claro; hay algo más.

—¿Más? —doy un trago a mi café helado. ¿Dónde estaba yo mientras mi mujer desayunaba prácticamente al lado de casa con esa cobra?

—Una de las tácticas de Iván es retorcer el cerebro de sus seguidores hasta el límite, hacer que se balanceen, que rebasen los márgenes de su equilibro mental. No valía con que Natalia te abandonara y se fuera con él, así, limpiamente. Eso era demasiado fácil, demasiado simple, incluso yo diría que demasiado humano. Eso causaría daños limitados en Natalia. Iván quería que ella hiciera algo más transgresor, más duro, menos ético, algo que la desestabilizara, que le hiciera preguntarse quién era, qué clase de persona era. Que atacara sus propios cimientos —Pablo hace un gesto para que no hable, para que me trague mis preguntas. Noto a Flora cada vez más tensa a mi lado—. Cuando conoció a Natalia le mostró su mejor cara, como he dicho. Iván es un fuera de serie, si estás con él cinco minutos no crees que puede existir alguien como él, te lo digo yo, que no soy demasiado impresionable. Y eso hizo con Natalia. Pero necesitaba desequilibrarla más porque Natalia era fuerte. Y lo hizo.

—Sí que lo era —admito—. Fuerte e independiente.

—Por eso debía romper esa fortaleza y llevarla a cometer actos que ella no cometería de forma cabal.

—¿Como qué?

Pablo se apoya en el respaldo del banco de madera que hace de silla y coloca los brazos en la mesa.

—Mikel, Iván supo gracias a Carmen cuándo os casabais y dónde.

No entiendo.

—¿Y qué importancia tiene eso?

La boda se celebró con total normalidad. Sí, con total normalidad, excepto... excepto... Algunas ideas empiezan a levantarse del suelo de mi mente. Las aparto. No puede ser. Pablo capta.

—¿De verdad no te diste cuenta de nada?

—Natalia y yo nos casamos en la basílica de Santa María, en la Parte Vieja. A las seis de la tarde.

Datos, hechos, eso lo controlaba. Podía demostrar que no era un ignorante total de mi realidad.

—¿No viste a Iván allí? —me pregunta Pablo de repente.

—¿A Iván? ¿En mi boda? Claro que no.

—Natalia sí lo vio. Iván estaba en el interior, en uno de los laterales de la iglesia. Él se aseguró de que lo viera y se acercó a saludarla y...

—Había mucha gente —interrumpo—. Más de ciento veinte invitados, ¿cómo iba a fijarme?

¿Iván en la iglesia? Repaso como un loco mis recuerdos, rastreo las caras de los asistentes, que saltan como pelotas de tenis dentro de mi cabeza. Yo estaba contentísimo con mi recién estrenada mujer, todo había salido bien, el momento tenso de la ceremonia había pasado y ahora tocaba disfrutar. Natalia lucía espectacular, con aquel cabello oscuro suelto y aquellos ojos tan negros como el carbón. No había ninguna novia más guapa, seguro. Pero luego... No quiero que Pablo siga, así que arranco a hablar.

—Cenamos en el restaurante Bokado, en el Paseo Nuevo, frente al Aquarium ––recito de corrido, como si recordar los datos precisos de mi boda y sabérmelos de memoria la hiciera más real, más intocable—. ¿Me vas a decir que también estaba allí? Porque las mesas estaban numeradas.

—No. En la cena, no.

Pablo me mira. Capto cierta compasión lejana y la esquivo, no la quiero.

—¿Para qué iba a estar allí, en la cena? —pregunta Pablo. Y se queda en silencio... —Pero volvió, Mikel.

¿El café puede doler? ¿Puede transformarse en algo tóxico al contacto con otras sustancias que desprenda el estómago? Ojalá supiera algo de biología, pero no sé nada de ninguna cosa.

Pablo cabecea en silencio y me fijo en la cicatriz en forma de jota de su mejilla para no mirarle a los ojos, esos ojos acuosos que Lorena y yo grabamos en nuestra memoria por si los reconocíamos en algún lado.

—Volvió —repite—. Celebrasteis una fiesta en el recinto del Aquarium, ¿verdad?

Aclaro: el Aquarium es un pequeño edificio construido en 1928 y encaramado sobre las rocas al final del muelle donostiarra, a orillas del mar y prácticamente pegado al monte Urgull. Sus instalaciones se podían alquilar para ocasiones especiales. Tiene una terraza y las vistas son espectaculares allí, porque se abre sin cortapisas a la bahía de La Concha, con la isla de costado, y al fondo, el océano transparente. Junto a la terraza, se alquilaba también el interior, que alberga sinuosos recorridos desde los que se pueden contemplar las peceras con decenas de especies marinas. Además, el circuito enlaza al final con una sala con más de cien butacas donde habitualmente se celebran charlas, encuentros o mítines políticos. Aquella noche, la de mi boda, habíamos alquilado todas las instalaciones, pero la mayoría de los invitados, tras el recorrido de rigor por el interior del Aquarium para ver los peces, se apelotonó en la terraza. Hacía muchísimo color y la belleza de la bahía y la isla se había vuelto omnipresente.

—Iván fue al Aquarium, Mikel. Estaba dentro de las instalaciones, entró más tarde junto a otros invitados que habían salido a fumar y se encontró allí con Natalia. Erika no me contó por qué fue allí, si se había citado con tu mujer en la iglesia o no. Pero se encontraron. No te voy a mentir, seguramente se citaron antes, en la misma iglesia.

—Dónde. Dónde se encontraron —le corto. Como si eso importara.

—En el túnel de cristal, el de los tiburones.

—El de los tiburones... Lo dudo, alguien los vería —niego categóricamente con la cabeza—. Ese túnel es la principal atracción del Aquarium. Había algunos críos en la boda que no se lo perderían.

Asunto zanjado.

—No se quedaron allí, fueron al final del recorrido y se encerraron en la sala de conferencias.

La sala de conferencias...

—¿Para qué iban a ir allí si dices que él pasaba por un invitado más? Había decenas de personas que yo no conocía. Natalia estudió fuera y sus amigos eran de fuera. Y, además, podían haber salido a la calle —me defiendo.

—Iván quería intimidad, Mikel.

Nos quedamos en silencio una eternidad. Pablo no habla, ¿por qué no habla? Y me doy cuenta. Lo descodifico. Se acostó con mi mujer. No lo pregunto abiertamente. Pero Pablo asiente cuando levanto una mirada incrédula hacia él. Flora se levanta y se acerca a la barra a pedir una botella de agua.

—Era el plan. Formaba parte de su estrategia. Seguramente a ella por sí misma no se le hubiera ocurrido algo tan retorcido, pero a Iván sí. Vive de eso. Es su modus operandi, Mikel. No hay nada que pueda desequilibrar más a una novia que acostarse con otro el mismo día de su boda, ¿no crees?

Recuerdo de inmediato la sala de conferencias, el auditorio. No es como las demás salas al uso que hay por toda la ciudad. Tiene algo hipnótico, como el mismo Aquarium. El aire allí parece oceánico, azul cobalto, con reflejos dorados, y es templado y huele a cloro y a sal. Las ruedas de prensa que me tocó cubrir en ella como fotógrafo eran terribles para mí, porque la luz era muy tenue y parecía que las palabras de los intervinientes flotaban en el agua; además, una pecera enorme hacía las veces de pared al fondo, a modo de decoración, y el aire parecía surcado por infinitas frecuencias marinas. Al final quitaron la pecera, pero el tiempo allí parece aletargado, somnoliento y ligeramente erótico.

Me imagino a Iván. No podría estar en algún lugar mejor, en ningún lugar más acorde con su misteriosa ambivalencia de mierda. Con una camisa azul oscura, la americana del invitado que no era, la mirada fiera de a quien todo le es indiferente. Todo un mundo para Natalia en comparación con su insulso marido que se había quitado la chaqueta porque se había hinchado como un globo durante la cena y sudaba como un cerdo entre los dedos de la aplastante noche de agosto. Imagino demasiadas cosas que no quiero.

—Él no buscaba placer. No en ese momento por lo menos, Mikel —Pablo parece capaz de seguir el hilo de mis pensamientos—. Buscaba el destrozo anímico. Lo que había hecho atomizaría psicológicamente a Natalia. Era una forma de anularla. Iván era un enfermo, no podía llegar, causarle cierto impacto y marcharse. Lidera una secta, Mikel. No es como nosotros. Debía hacer daño a Natalia.

Claro, cómo volver a la fiesta después de recolocarse el vestido, aquel vestido ligero, como explicó ella mil veces, lleno de absurda pedrería, que yo no le quité al volver a casa porque estaba "agotada" de la boda y además se lo podía romper, era delicado; y cómo brindar frente al mar, cómo abrazar a sus suegros y a sus amigas, y enseñar la alianza y hacerse fotos, y responder que ese día era el mejor de su vida y que la ceremonia había sido preciosa. Y bailar en la que parecía la fiesta más brillante del mundo, que se alargó hasta un amanecer rosa como los de los dibujos japoneses y que atravesamos abrazados, mientras las luces del muelle se apagaban como luciérnagas abatidas, de vuelta a casa. Y recuerdo que Natalia tenía el carmín corrido y resulta que igual era Iván el que lo había deslizado por la comisura de sus labios y no los besos que no prodigó a diestro y siniestro porque Natalia no era de besar a los demás. Y bastante habría tenido con Iván.

Yo estaba satisfecho, tranquilo, cansado. Pero no soy idiota. Capté ligerísimamente un cambio de frecuencia en el estado de ánimo de Natalia, sabía que se había alejado hacia dentro, a algún lado. De vuelta a casa estaba más cariñosa que nunca y más ausente también. La mirada estática, enloquecida, de pupilas fijas, alerta. Tomó un ansiolítico para dormir, no recordaba habérselos visto nunca. Dijo que estaba acelerada por los *acontecimientos*. De noche, me desperté un momento y ella estaba a mi lado, mirando al techo, con los ojos abiertos de par en par. Y yo volví a dormirme.

En el fabuloso resort de Punta Cana en el que pasamos doce días, Natalia parecía moverse en una burbuja de cristal. A ratos me trataba con un cariño que rozaba la caricatura, y que ahora identifico claramente como fruto de una profunda culpabilidad, y en otros me despreciaba abiertamente como no lo había hecho antes de casarnos, seguramente porque no me parezco en nada a Iván y la comparación le chirriaba. Recuerdo que quería que nos apuntáramos a todas las excursiones en grupo que organizaba el complejo, como si temiera quedarse a solas conmigo. Solo nos acostamos dos veces y porque llevábamos encima una decena de mojitos.

Cuando volvimos a San Sebastián, ya en el viaje la noté rara, silenciosa y extrañamente inquieta. En casa cogió cuatro cosas y con tres excusas se marchó. A solo doscientos metros de nuestro piso, ahora lo sé. Volvió al día siguiente, más tranquila, más amigable, más cercana. Pero solo se estaba preparando. Seis días después se marcharía para convertirse en el juguete de Iván.

—No fue un capricho, seguramente mi hijo la quería —interviene Flora, que hasta el momento ha permanecido en silencio—. Todos esos esfuerzos por alguien no son propios de él —agrega—. Nunca lo he visto hacer nada por nadie, ni siquiera por mí, que lo he criado. Pueden parecer los trucos de un monstruo, pero a su manera, quería a Natalia. Se tomó demasiadas molestias por ella.

Iván es su hijo, pero sus palabras no me consuelan. La miro por primera vez con cierta rabia. Ella trajo al mundo a ese elemento, y si cree que me tranquiliza, no entiende nada. Pero sí que me tranquiliza de alguna manera, la verdad.

—Iván siempre fue muy inteligente y eso lo aisló de los demás. Se aburría con los niños de su edad, no lo comprendían. Y eso lo volvió solitario y le complicó el carácter —simplifica Flora.

Pienso que Iván era retorcido y maquiavélico *per se*, no por su situación social, pero no lo digo.

—Pero también tenía un corazón —continúa Flora—. No lo llevaba en la mano, no era fácil verlo a la primera, pero lo tenía. Y a su manera, él quería a Natalia.

—Me da igual si la quería o no, eso no es importante. Ella se fue con él —contesto cortante. Y me arrepiento enseguida. Para Flora no tiene que ser nada sencillo todo lo que está ocurriendo.

—Bueno, esta gente tiene muy pulida la capacidad de embaucar —Pablo vuelve al ataque—. Lo practican una y otra vez, todos los días, a todas horas. Silvano e Iván son expertos encantadores de serpientes —añade—. Erika, también. Cuando estaba ella, todo lo demás desaparecía.

Desde lo ocurrido en la finca, cada vez que alguien nombra a Erika, una burbuja de dolor explota entre mis costillas.

—A mí también me pasaba con ella —admito.

El semblante de Pablo se oscurece.

—Pero Erika no era como Iván ni como su padre. Era una captadora, de eso no hay duda, pero ella creía de verdad en la Familia —Pablo entrecomilla la palabra Familia con los dedos.

—¿Te quiso captar a ti? —le pregunto.

Pablo piensa un rato antes de contestar.

—Erika... No. Erika no me trataba como a esos desgraciados que sacaba de la basura. Creo que fui su único amigo.

Recuerdo el abrazo que le dio en la finca y la expresión de alegría de Erika al verlo.

—¿Te hiciste amigo de ella por encargo de la policía?

Pablo levanta la mirada, sorprendido.

—¿Cómo? No. No, no. Eso vino después. Conocí a Erika en el Irla Txikia —el bar de Freddie Mercury, recuerdo—. A mí me gustaba estar solo. Ya te lo habrá dicho mi madre, conozco a mucha gente pero soy solitario, *blablabla*, se lo dice a todo el mundo.

Sonrío, aunque me duelen varios órganos.

—Pues me lo ha dicho, sí.

—Me gustaba ir al Irla Txikia algunas tardes, al anochecer, porque era un lugar tranquilo en el que no había demasiada gente de mi edad, ni turistas. En aquella época andaba buscando mi lugar, pensando qué hacer con mi vida. En fin, que iba allí, pedía algo de beber y jugaba un poco al billar. Salva me dejaba fumar. Estaba cómodo allí.

—¿Salva?

—El camarero, que además es el dueño.

Ah, Freddy Mercuri, pienso.

—A veces aparecía por allí Erika, ya muy tarde, cuando ya me iba a marchar. Venía completamente sola, como yo. Al principio, no le presté mucha atención. Era muy guapa y todo eso, pero me parecía inalcanzable. Sin embargo, con el tiempo y casi sin darme cuenta empecé a retrasar la hora de marcharme del bar. Ya no me iba cuando ella aparecía, sino un poco más tarde. Erika llegaba, se quitaba el abrigo y fumaba en silencio sentada en un taburete, sin mirar a nada en particular. Poco a poco, empezó a seguir mis partidas, a entretenerse con el juego. Y al final un día le pregunté si quería jugar conmigo. Y, bueno, así empezó todo.

Pablo bebe de la botella de agua que ha traído Flora y continúa.

—Las extravagancias de Erika eran infinitas, como bien sabrás, pero eso formaba parte de su encanto. Yo estaba completamente colgado por ella y al principio le seguía el juego...

—Le seguías el juego —repito por decir algo.

—Exacto. Se lo seguía, pero... Pero no entré en él. Empecé a detectar señales de que algo muy malo había detrás de sus creencias y de sus extrañas costumbres.

—Ya... pero ¿y el dinero que pagaste?

Recuerdo de repente que su madre nos enseñó sus extractos bancarios.

—¿Mi madre también os puso al corriente de eso? —Pablo sonríe—. Os lo estoy diciendo. Quería a Erika, y le seguí el juego, como he dicho. Pero no entré en él. Solo quería saber qué estaba sucediendo. Y ella enseguida me empezó a hablar de esa realidad paralela en la que vivía, de esa supuesta capacidad para percibir el mundo desde otra atalaya... Ya conoces el rollo. Creo que no me lo contaba para meterme en su secta, para sacarme el dinero. Creo que en realidad me quería a su manera y quería que yo sintiera lo mismo que sentía ella. Y accedí.

—¿Accediste a qué?

—Participé en algunos de los cursos, por llamarlos de alguna manera, e incluso empecé a asistir algunas mañanas a las meditaciones en la academia. Un puto coñazo, no te voy a engañar. Pasto para tarados, para gente con el vacío del tamaño de un cráter en el estómago. Pero...

—¿Estaba Natalia en aquellas sesiones? —interrumpo.

Pablo me mira en silencio y empieza a arrancar el papel de la botella de agua. La madre de Iván escucha todo en silencio, con una extraña mueca que podría ser de dolor, de consternación o de rechazo.

—No, no estaba. O, bueno, yo no la vi.

—¿Por qué no? Ella era parte de la secta.

—En algunas de esas reuniones se practicaba sexo. Me tocó incluso a mí, por suerte aún solo con Erika, aunque pasado el tiempo no sé qué me habría tocado hacer. El caso es que Iván la quería solo para ella, no quería que su padre la involucrara con otros miembros del grupo o incluso con él mismo. Natalia era su novia y la mantenía apartada de algunas facetas de la Familia en lo que podía.

—¿Conociste en ese curso a Iván? —no quiero hablar más de Natalia.

—Sí. Todo el mundo estaba colgadísimo por él, era digno de ver. En San Sebastián la Familia tendría unos treinta miembros, y todos lo adoraban como a un Buda. Pero yo... Yo quería entender lo que Erika sentía, pero no podía evitar darme cuenta de que todo aquello era una absoluta locura. Y lo que es peor, con el tiempo me di cuenta de que Erika era solo un títere de Silvano e Iván. Y no me gustaba que fuera la marioneta de esos dos tipos, que la ponían en peligro permanentemente.

Lo miro. Me lo imagino.

—Empecé a descolgarme, no de ella, sino de aquellos cursos. Silvano se dio cuenta de que no estaba involucrado del todo, e hizo sesiones especiales conmigo. Era muy bueno, al final te hacía dudar de todo. Pero se dio cuenta de que no conseguía doblegarme del todo, porque instó a Erika a que me metiera en sus prácticas. Necesitaba mi deterioro físico y psicológico.

—¿Sus prácticas?

—Son sus *usos y costumbres* y van destinadas a anular la voluntad de las personas. Lo que peor llevaba eran los ayunos. Erika quería que pasara todo el tiempo con ella para controlar que no me llevara nada a la boca. Lo de levantarme por la noche tampoco lo llevaba demasiado bien. Pero la comida... Empecé a esconder por la casa de Erika semillas de calabaza, caramelos; a echar cabezadas cuando supuestamente me duchaba... En fin. Ellos pensaban que iba cubriendo el expediente, así que empezaron a bajar la guardia y a involucrarme más en las actividades de la Familia. Y es ahí cuando me di cuenta de que no podía participar más en aquello.

Guarda silencio.

—Pasó algo, ¿no es así?

Pablo me mira sin comprender.

—Hablé con un viejo amigo tuyo —le aclaro mientras expando con el dedo el rastro de agua que ha dejado el botellín helado sobre la mesa—. Hablé con Beñat García.

—¡Beñat! —el rostro de Pablo se ilumina brevemente al instante—. El bueno de Beñat... ¿También le metisteis en esto a él?

Me mira sorprendido. Si supiera todo lo que hemos hecho Lorena y yo...

—Bueno, meterle, lo que se dice meterle... Él estaba preocupado por ti, me contó que no paraba de llamarte al móvil y...

—Ya, lo sé —me corta Pablo—. Durante el tiempo que estuve en la finca. Allí no me permitían tener teléfono. Qué curioso, Beñat fue una de las pocas personas que se preocupó realmente por mi paradero; a veces quien menos te lo esperas te sorprende.

—Ya... Pero es que Beñat se olía que algo raro ocurría. Una tarde te encontró en el garaje comunitario de vuestros padres, en Bera Bera, y nos dijo que te estabas lavando las manos con algún producto fuerte, algún disolvente; y le preocupaban tus frases: decías algo así como que querías eliminar cualquier rastro de aquel día.

El rostro de Pablo se ensombrece.

—Sí, sí... me acuerdo. Pablo se mira los dedos, como si aún pudiera ver en ellos lo que fuera que lavaba entonces—. Aquella tarde llegué a un punto final en mi historia con la Familia o, mejor dicho, a un punto de inflexión. Fue la tarde en la que dije: hasta aquí hemos llegado. Me gustaba mucho Erika, pero no todo vale... No todo vale. Y si la quería sacar de toda aquella mierda, debía hacer algo.

—¿Qué hacías con productos de limpieza? —la voz de

Flora es tensa como un alambre. Cuando le relaté este pasaje de nuestra investigación, ella se temió lo peor, seguramente recordando el triste y sucio final de *la india*.

—Aquella tarde la pasamos en el hayedo de Oberan, un bosque sombrío lleno de árboles no lejos de Hernani; a Silvano le gustaban mucho ese tipo de lugares apartados y boscosos y nos llevó a todos.

—¿Y para qué?

—Para volvernos locos. Nos reunimos en una zona umbría de arbolado para conectar con el espíritu y la belleza de la naturaleza. Recuerdo que algunos de los miembros que estaban allí eran casi fantasmas por culpa de todo el peso perdido y las horas de sueño robadas. Nos sentamos en círculo sobre un suelo húmedo y terroso, nos dimos las manos y conectamos nuestra energía. Ellos hablaban así, Silvano habla así —Pablo sostiene nuestras miradas y Flora asiente—. Entonces Silvano sacó de una bolsa un bote con un ungüento blanco, lechoso, y nos pidió que nos lo extendiéramos por la piel. Nos dijo que era un pase para sumergirnos en las entrañas de la naturaleza, para que pudiéramos circular por su sabia, por su entramado vegetal, bucear dentro de su fuerza. El ungüento debíamos extenderlo por nuestras manos y brazos. Y esperar. Olía que apestaba, un aroma fétido, mantequilloso, putrefacto. Estaba compuesto a base de cicuta. En aquel momento me temí un homicidio colectivo, alguna maniobra macabra de los Katz para hacernos desaparecer y dejarnos allí, en mitad del bosque, como un grupo de suicidas malditos. Pero no, solo querían que alucináramos y de paso anularnos un poco más. La intoxicación de cicuta a través de la piel te lleva a un estado vertiginoso de paranoia. Es muy peligroso, es fácil palmarla, demasiado fácil. Pero ya no veía cómo echarme atrás. Y enseguida empezaron las alucinaciones, la sensación de volatilidad, las copas de los árboles se abrían y se cerraban como plantas carnívoras y la tierra crujía como cristal. No era agradable, no era un viaje de flipados por un mundo de colores, allí en el monte tirados mirando las hojas mecerse y tal. No. Era una puta historia de terror. Todo se movía de una forma macabra y hubo quien empezó a vomitar. Despertamos de aquella pesadilla varias horas después. Estábamos helados, muertos por dentro. Pero Silvano fue abrazando a cada uno de nosotros dándonos la enhorabuena por nuestra *investigación*, nuestra *inmersión*, nuestro *compromiso*... Enseguida empezaron las alabanzas a Silvano: habíamos conocido el lado oscuro de la madre tierra, caminado por sus raíces, explorado sus vértices... Gracias a él. Volvimos al autobús —Silvano solía alquilar uno para las ocasiones— con la intención de regresar a San Sebastián, y yo le pedí que me dejara a pocos kilómetros de allí, en Bera Bera, en casa de mi madre, donde tenía aparcado mi vehículo. Debía recoger algunas cosas, les expliqué. Por aquel entonces ya había empezado a dar explicaciones por todos mis movimientos. Aunque, en realidad, no sabía bien ni lo que decía, y nadie en realidad me escuchaba. Todos andaban patinando con su imaginación por las pistas de hiel del bosque, encantados con esa supervisión catastrofista del planeta que nos diferenciaba de los demás.

Llegué a casa de mi madre pero no tenía las llaves, las perdería en el puto monte ese, pero conservaba el mando del garaje. Me había lavado los brazos con las hojas más grandes de los árboles que había encontrado camino del autobús, pero apestaba a algo fétido que me revolvía el estómago, así que me lavé con uno de los disolventes que guardábamos en el garaje. Solo quería recuperar la normalidad. Aquella noche volví a casa de Erika, pero no pude pegar ojo. Pasé las horas en duermevela. Al día siguiente tenía la comida con mis primos, la reunión anual en Hondarribi, pero tampoco fui. En cambio, volví al hayedo. Me costó encontrar el lugar, diferenciar los contornos borrosos de las copas de los árboles, ahora quietas, y de los caminos, también quietos, pero localicé el lugar. Solo quedaba allí hierba aplastada, restos de vómito y hogueras apagadas que ni recordaba que se hubieran encendido. Salí como pude de aquel escenario, subí a mi coche y circulé a la comisaría más cercana, que resulta que es la del pueblo de Hernani. Allí les conté todo. Allí conocí a Edorta. Pero lo que tenía para darles era demasiado endeble, necesitaban más, más datos... Y bueno, el resto de la historia ya la sabéis.

—Empezaste a trabajar para ellos.

—Sí. Convencí a Erika para que me llevara a la finca, al núcleo de la secta. Le expliqué que aquí vivía bajo el yugo de mi madre, y que era una desequilibrada y bueno, que necesitaba integrarme de la mejor manera en la Familia. Y ella estaba de acuerdo, porque el corazón de todo su grupo radicaba allí, y Silvano se mostró encantado, por fin lo había conseguido. El caso es que no podía decirle a mi madre dónde iba, así que grabamos el dichoso vídeo en casa de Erika, pero como la tía es, *era*, alérgica a todo lo que pueda captarla o grabarla, realicé el vídeo con Karen, otra miembro de la Familia. Mi madre no se creyó que estuviera en Chile con una nueva novia, pero yo no supe hasta más tarde que había comenzado una búsqueda desesperada y que había recurrido a la tele. Iván vino a buscarme a la Finca a espaldas de Silvano a las tres semanas.

—¿Por qué? ¿Fue entonces cuando te vi en el coche de Iván?

—Sí. Iván... Iván vino porque no quería seguir con aquello. No me lo puedo creer.

—¿Con qué no quería seguir?

—Con la Familia. Quería dejarlo. Y sabía, intuía, que yo no estaba involucrado en realidad.

—¿Lo veis? ¡Yo lo sabía! Desde el principio lo sabía —los ojos azules de Flora brillan de emoción—. Iván nunca ha sido un papanatas fantasioso y manipulador como su padre, él siempre ha tenido los pies en la tierra, como yo, como mi familia. No era fantasioso ni de niño. Fue su padre quien le inculcó todas esas tonterías aprovechando los problemas que tuvo Iván con las drogas, pero al final reculó, él reculó.

Pablo sonríe con tristeza.

—Sí, reculó, quiso dar marcha atrás. A Iván le vino bien la ayuda de su padre cuando tocó fondo, pero en los últimos tiempos quería abandonar todo aquello. Iván no era el Iván del principio, el que abrió la academia con la ayuda de su padre y tachaba en el calendario cada día que había pasado sin meterse nada. Prosperó él solo, con su trabajo. Su academia funcionaba muy bien, el número de alumnos no paraba de crecer; sus dibujos se cotizaban al alza y gente de toda Europa acudía a sus exposiciones. Además, ahora tenía a una mujer, una mujer diferente a todas las colgadas con las que se había relacionado hasta la fecha... Una mujer que, sin embargo, había abrazado a esa Familia de la que él empezaba a renegar. Y, además, me lo confesó: no tenía tiempo para aquello. No tenía tiempo para los seguidores. Su padre hacía cada vez cosas más estrafalarias, llevaba a la gente más al límite, como ocurrió con Maitane Martín. Las fiestas con drogas eran cada vez más desordenadas y peligrosas, el dinero negro más difícil de ocultar... Así que había llegado el momento de abandonar. Pero le entró el pánico.

—¿Por qué? —pregunta con tristeza Flora.

—Por los carteles denunciando mi supuesta desaparición. Mi madre llamó a la tele y lio una buena. Todo el mundo intentando dar con mi paradero. Así que Iván vino a buscarme, quería que volviera a casa. Vino con Natalia. En la finca dijo que había una emergencia y me trajo a Donosti. Aquí me pidió que volvi era a mi casa, pusiera alguna excusa a mi madre y me olvidara de todo.

—No lo hiciste.

—No. No en ese momento. Estaba muy cerca de tener toda la información que necesitaba para desmontarles el chiringuito. Tenía que poner orden en algunos asuntos, pero tenía casi todo lo que buscaba: nombres, cifras, datos. Le pedí que me devolviera a la finca para despedirme de la Familia y recoger algunas cosas. Le prometí que me iría en veinticuatro horas a más tardar. Salimos del *parking* de la plaza de Cataluña en su coche, yo iba sentado detrás para que nadie me viera y solo en ese momento me quité el abrigo y la bufanda que me tapaba la cara. Y entonces nos viste, Mikel. Iván entró en pánico y, lo demás, ya lo sabes.

Nos quedamos en silencio. El ritmo del mediodía empieza a colarse en el establecimiento. Miro el reloj.

—Es la hora ya —murmura Flora con tristeza.

Nos levantamos y salimos del local. El sol de la mañana brilla como si fuera su primera vez y me deslumbra, y tardo un rato en acostumbrarme y visualizar la nuca de Pablo y el moño abultado de Flora, unos pasos por delante. Me coloco a su lado y caminamos los tres juntos hasta la explanada de piedra que culmina con el Peine del Viento. El mar turquesa se mece inflado y primaveral frente a nuestros ojos. Hace solo una semana me encontré allí con Erika, sus rizos oscuros danzando hacia un cielo de un azul idéntico al de hoy. Hace solo una semana. Ahora la llevo bajo el brazo. Le paso la urna a Pablo.

Flora lleva la otra, en la que descansan las cenizas de Valentina, *la india*, a la que encontraron sin mayores problemas cuando levantaron el suelo de la academia de Iván. No dimos con ningún familiar vivo de la mujer, pero al menos ahora se irá con su hija.

Esperamos a que la brisa baile de nuestra parte en un silencio tranquilo que solo quiebran las minúsculas olas que rompen contra el muro de piedra de este malecón. Y cuando el mundo empieza a girar hacia el océano, las dejamos partir, ahora libres de verdad.

# *Nota final de la autora*

*No habría podido escribir esta historia sin Iván Katz o, mejor dicho, sin mi Iván Katz, aquel desconocido que hace alrededor de dos años me abordó en mitad de la calle para invitarme a una exposición de pintura en casa de su abuela. Ocurrió una tarde entre semana de un lluvioso día de finales del mes de octubre. Caminaba por el barrio de Gros, en San Sebastián, cuando se interpuso en mi camino un chico bastante joven con una rarísima mirada de un azul casi transparente que no he vuelto a ver nunca más. Me explicó que se sentía solo en Donostia porque la ciudad era muy cerrada y que estaba intentando contactar con gente joven a través de su afición: dibujar. Me señaló con el dedo el lugar donde supuestamente estaba exhibiendo sus dibujos, una casa aplastada por las nubes en la falda de Ulía, uno de los sinuosos montes que cierra la ciudad por un costado. Había algo en el joven que encendía las alertas, quizá su mirada, tan desangelada, y ese aire desgarbado que crujía como alas de murciélago en torno a sus gestos; o igual solo era su forma de hablar, con aquella amabilidad exquisita, pero afilada en las partes que no se veían a simple vista. Y aunque acepté la tarjeta que me ofreció con algunas indicaciones y una muestra de sus dibujos, no acudí a su exposición. No aquella tarde. Días después, sin embargo, y movida por la curiosidad, me acerqué hasta aquella casa. Estaba cerrada y, desde las ventanas, el interior parecía vacío, abandonado.*

*El asunto me dejó un poco intrigada y la curiosidad me empujó hacia otras pequeñas exposiciones más corrientes —estas sí— que a su vez me abrieron la posibilidad de conocer a algunos artistas. Dos de ellos me dieron, sin pretenderlo, las claves de esta novela, y quiero aprovechar estas líneas para agradecerles que me hablaran de su forma de mirar el mundo, trascendiendo de la simple realidad física de los objetos, de los rostros o los paisajes, para rescatar su belleza oculta, tal como ellos la percibían, y atraparla en un lienzo o en un simple papel. Lo que más me sorprendió fue su necesidad de excavar de forma consciente y permanente en todas las superficies de las cosas rutinarias que veían hasta hallar sus otras facetas artísticas. En este punto, debo aclarar que los extremos de búsqueda de la belleza y el* modus vivendi *de la secta que se describen en esta novela, y por supuesto la familia creada por Silvano Katz, son fruto de la ficción; aunque sea una ficción que se alimenta de otras fuentes, desgraciadamente, demasiado reales.*

*Además, los lectores que conozcan Guipúzkoa se habrán dado cuenta de que he intercalado lugares que existen o existieron con otros que son fruto de mi imaginación. Seguramente se habrán topado en sus páginas con números de calles que escapan del callejero de San Sebastián, portales de viviendas imposibles y otras pequeñas licencias geográficas que me he tomado. Verán también que algunas zonas las he descrito tal y como son, pero otras, simplemente, como las siento y percibo.*

*Y, por último, no puedo abandonar estas páginas sin hacer una mención especial al barrio de Gros de San Sebastián, que es el escenario principal de esta novela, el mismo que vio nacer a mis padres y ahora acuna a mis hijas. Para algunos, un lugar vibrante, bohemio y lleno de una luz marina que se mezcla con el polvo de la vida urbana en una simbiosis perfecta. Para otros, un barrio joven, surfero y siempre en movimiento, pero también gris, antiguo, elegante y algo viejo. Gros tiene tantas descripciones como personas habitan en él, pero para mí es, sobre todo, un lugar que siempre, siempre, tiene alguna historia que contar.*

LIDE AGUIRRE

CONCLUYÓ LA IMPRESIÓN DE ESTE LIBRO,
POR ENCOMIENDA DE BERENICE, EL 15 DE
OCTUBRE DE 2020. TAL DÍA DE 1877 NACE
FRANCISCO VILLAESPESA, NARRADOR, POETA
Y DRAMATURGO ESPAÑOL, QUIZÁ EL
PRINCIPAL EXPONENTE DEL MODERNISMO.